中公文庫

少女架刑

吉村昭自選初期短篇集 I

吉村　昭

中央公論新社

目次

透明標本　吉村昭自選初期短篇集Ⅱ

収録作品

少女架刑

吉村昭自選初期短篇集Ⅰ

死体

ある私鉄の小駅でのことであった。

細長いプラットフォームに、上りの電車を待つ人影が、線路の上を透し見たり線路柵の彼方に目をやったりして、電車のくるのを待ち侘びていた。

西の空は、すでに石油色に暮れはじめていた。夕色を背景にして黒々と切り抜いたような線路柵の間から、稲田越しにともったばかりの人家の灯が見えていた。

小さな待合室に、灯がともった。

その時、フォームの片側に白々しいヘッドライトの光を投げながら、下りの電車がはち切れそうに車体をふくらませながら滑りこんできた。ラッシュアワーであった。

ドアーがひらくと、一時に勤め帰りの人々がフォームの上に吐き出された。どの表情にも、一日の疲労が油のようにしみついている。

その色彩の乏しい降車客の群れが、薄暗いフォームの上を改札口にむかって流れはじめた時である。

　上りの電車を待っていた人々は、急行電車の通過を鋭い警笛で知って二、三歩後ろへさがることを余儀なくされた。しかし、フォームは、この人々の後退を許すにはあまりにも幅に乏しかった。当然、改札口にむかっていた人々の流れは、少し右に皺寄せされた。

　その動きが、干潟に残された海草のように、人に揉まれて歩いていた一人の男を上りのフォームの近くに露出させた。

　酒を飲んでいるらしく、しきりに人の肩に体をぶつけながら歩いていた。人の肩が、男にフォームのはずれを意識させなかったのであろう。右に寄ろうとする努力はみられなかった。

　そのうちに、たまたま悪意の片鱗すらもないかすかな動作が、この男を一個の物質に変えるきっかけを作った。フォームのふちを急行の通過を意識しながら小走りに歩いていた事務員風の女が、よろめいてきた男の体をさりげなくかわしたのである。職業柄、男にまじって働いているこの女が、酔っていたとはいえこの男にことさらの嫌悪をおぼえたとは思われない。それはあきらかに、都会生活を送る女としての本能的な習性に似た動作であった。

　——女の肩が、男の体を十分に支えなかったために、男の体はひどく均衡を失った。ぐらついた体の均衡を恢復しようとした男は、反射的に片足を大きく横に踏み出した。フォームのはずれまでの距離が、男の足に計算されていなかった。男の足は、フォームからはずれた空間を踏んだ。とたんに男の体は、不思議なほど見事に半回転して、レールの上に仰向けに落ちた。

男の顛落に気づいたのは、周囲のごくわずかな人々だけであった。人々は、落ちた男が一瞬起き上ろうとする努力をかすかにさせたのを目撃した。が、その努力が手足の動きにまで達する前に、人々の視線は、急停車の火花を散らしながら激しい勢いで通過した急行電車の車体によってさえぎられた。

車体のことごとくが、顛落した個所を丹念になぞって過ぎた。

フォームの上を、改札口にむかって動いていた人の流れは、大石を投じ込まれた魚列のように一瞬攪乱した。人々はすさまじいブレーキ音に驚かされると同時に、レールのふちに横たわった二本の棒切れに似たものを認めて、本能的に事故のすべてを諒解した。

私鉄のこの小駅では、分に過ぎた事故であった。

駅員たちが、緊張した表情で人波を分けてきた。改札鋏（かいさつばさみ）を手にしたまま駈けてくる駅員もいた。しかし、事に慣れない駅員たちは、遠巻きに息をひそめている乗客たちとさして変りはなかった。ただ、うろうろとフォームの上を往き来するだけで、線路の上に眼を注ぐことさえ避けていた。

薄暗くなったレールのふちには、二本の股(もも)が根元から切れてころがっていた。人々は、青みがかったズボンが襤褸(ぼろ)切れのようにかたまり、片方の細い脛(すね)の先に草履がはいたままになっているのを見た。

人々は、二本の股がすでに股でなくなっていることを納得した。形態があまりにも原型のままであることによって、かえって物質という意識を人々にあたえた。その意識は、寄りかたまったズボンと草履の無表情な形態によってさらに深められた。それらは、あたかも屍蛆(ししょ)のように人体の一部にいとも冷ややかにまとわりついているようにさえみえた。

特に、地面と直角に立っているその小さな物質――草履に対して、人々は、ある侮蔑をさえも感じた。それは、男の死と同時に人間との和合を捨てて、自己の本質である物質に還って何物とも協調しない頑なさがあった。轢断(れきだん)された男の死の印象は、股よりむしろ直立している片方の草履に強く生きていた。

草履は、多くの人々にかなりの衝撃をあたえた。それは物理的な恐怖とでも言えるものであった。

息を呑んでその場に立ちつくしている者、顔をおおって改札口にむかって駈け出す女もいた。

五十メートルほど前方に、急行電車が停止していた。車窓からは、将棋倒しになった原因をたしかめようと、乗客の不安と好奇の入りまじった顔が鈴生(な)りにひしめいていた。

この不慮の事故に、直接手を下して処理しようとする者はすぐには現われなかったが、このままいつまでも放置して置くことは決して許されるべきではなかった。腐敗菌が、この地表の浄化作用に不可欠のものであるように、腐敗菌の役目をする幾人かの手が要求されているのである。

そのうちにフォームの端から、一人の中年の駅員がひょいっと線路の上に飛び下りた。フォームの人垣が少し動揺し、人々の眼が一様にその駅員に注がれた。

駅員は、少し背をかがめて、線路づたいに停車している急行電車の方へ歩いて行った。人々の立っている所からは一段と低い所を歩いているので、駅員の体はひどく小柄に見えた。それに、その姿は男の生活を連想させる侘しい感じを匂わせていた。

停止した電車のかたわらに行きつくと、男は立ち止り、ちょっと思案している風であった。が、すぐに意を決したように、後尾の車輪の間に潜り込むと、お辞儀をするような恰好をして異様な青い物を砂利の上に曳きずり出して来た。

フォームの人垣が、かすかな声をあげて後ろへ退いた。改札口の方へ行きかける者も多かった。

駅員は、青い物を線路にそって曳きずりはじめた。それは小荷物でも取扱うような無造作な動作であった。近づくにつれて駅員の曳きずっている物が、青い詰襟服を着た男の上体であることがあきらかになった。背骨がへし折れているらしく、体がくの字なりに曲っている。

股のころがっている個所まで曳きずってくると、駅員はその上体をさりげなく放り出した。耳孔から、呼吸でもするように血液がふくふくと鉄錆色の砂利の上にしたたっていた。

駅員は、少し後ろに退って、三個の物質を無表情に見おろしながら掌の塵をはらい落し、振返りもせずに駅員室の方へ歩いて行った。

――駅員の行為は、事故に一段落をつけさせた。他の駅員たちは、急に動作が敏捷になった。どこから持って来たのか、粗蓆（あらむしろ）が二枚死体の上に掛けられた。

夕闇が、事故の終るのを待っていたかのように急に色濃く立ちこめはじめた。見えなくなったことが、人々の興味を失わせた。人垣が、崩れた。家路にむかう男女の影が改札口の灯を通過して、暗くなった路に吸われてゆく。後続の電車が、遠くで盛んに警笛を鳴らしていた。


検視は、簡単にすんだ。飲酒をしていて顚落したことが数人の降車客の証言から得られていたので、自殺、他殺の疑いは消えていた。死因は、過失と断定された。飲酒していたため過ってフォームから足を踏みはずし、……そう警察医は判定した。

しかし、この男の死にいたるまでの経過には、過失と呼べる行為はなかった。

（酒に酔っていた）（フォームのはずれを歩いていた）これらのことは、むろん過失と呼べる性質のものではなかった。むしろ、この男の直接の死因は、事務員風の女にさりげなく肩をそらされたことにあった。そらされさえしなければ、男は死への径程を踏まなかったかも知れない。過失は男の側にあったのではなく、女のかすかな肩の動きにあったと言った方がいい。が、この女の動作をむろん過失と呼ぶこともできない。電車のブレーキも全速力の惰性を止めるのに、まずまず申し分のない作用をした。そこになんの手ぬかりもなかった。過失と呼ぶにふさわしい行為は、全くなかったと言っていい。

警察医は、六十歳ぐらいの気難しそうな男であった。駅員のかかげる電灯の下で、両股を死体の胴体に縫着させた。それは遺族に対する社会的な配慮であり、運搬の便利を考えた施術でもあった。

老医の動作は、思いがけなく敏捷的確で、しかも、すこぶる乱暴であった。どのような懇ろな葬儀によっても到底つぐない得ない荒々しさであった。しかし、その老医の粗暴さは、かえってかれの老練さと落着きとを十分にしめすものでもあった。周囲の駅員も警官たちも、その手の動きに感嘆していた。

「内出血しているから、早く焼かないと腐る」

老医は不機嫌そうにつぶやくと、幌のついた腰高の自動車に身をかがめて入ると去って行った。

遺留品の中に、資源回収員証がまじっていた。堀口幸吉。三十七歳。

現住所を頼りにすぐに若い警官が派せられたが、やがてもどってくると身寄りもなにもない一人住いで、やむをえず隣家の女を連れて来た――と報告した。

死体はコンクリートの上にころがったままになっていた。縫着した部分が、蓮根の節のようにくぼんで、電灯の光が黒い紐に似た影を作っていた。

やがて、死体は蓆ごとリヤカーに載せられて、警官二人に曳かれ、灯影の乏しい商店街を進んだ。すでに十時を過ぎていたが、どの家からも人の不安そうな顔がのぞいていた。人々の眼は、蓆の膨らみとその五、六メートル後ろを無表情に歩いている女の姿に注がれていた。太った女で、リヤカーにおくれまいと大儀そうに歩いている。

死体と女の姿を結びつけて、人々は自然な解釈をした。夫を事故で失った妻。子供もいるかも知れないし、その服装から推して女は貧しい生活の中に身を置いているにちがいない。女の無表情な顔は、不測の事故に遭った妻の、気も顚倒しきった表情に見えた。

リヤカーは、人々の眼に見送られ、やがて、道をそれると暗い小路に入った。リヤカーの振動がはげしくなり、梶棒をもった警官の懐中電灯がゆれた。あたりは一面の蓮田で、人家もまばらであった。路の両側からしきりに虫の声が湧いていた。

今になって、女は、駅まで死体を引き取りに行ったことを後悔しはじめていた。死体の処置を進んで引き受けたようなものだが、夫が帰ってきたらなんと言うだろう。男との秘事があらわになることはないだろうか、と不安になった。

右方の漆黒の闇に、線路の青いシグナルがかすかな点になって光っていた。その光をみつめながら、女は息をあえがせながら小走りに歩いて行く。道が狭くなった。その道を、小舟のようにリヤカーが揺れて、しばらく行くと、ちょっとした広さの所に出た。その地所の奥に、小舎が二軒よりかかるようにして黒々とうずくまっている。そこで、リヤカーは止った。

女は、片方の小舎に入ると電灯をつけた。板の間に蓆が敷いてあり、ちょうど四畳半ほどの広さになっている。

女は、部屋の隅にまるめてある綿のはみ出たふとんを敷いた。死体は、その上に寝かされた。すでに死相がすっかり顔全体をおおっていた。露出した眼球も納められていて、表情も思いのほか穏やかであった。その顔の上に、色づいた手拭がかぶせられた。

警官は外に出ると、女にいろいろと注意をし、明日の朝また来るからと言い置いた。やがて、暗い小路を、リヤカーが警官にひかれて遠ざかって行った。

女は、家の前に立ちつくしたまま、ぼんやりとこれからの死体の処置をあれこれ思いめぐらしていた。

別に思案してみても、どうにもならないことは初めからわかりきっていることであった。ただ死に附随する世間的な慣習があるだけのことである。が、そうはわかっていても、

（どうしたものだろう）と何度も繰返しつぶやいた言葉が口の端にのぼってくる。

物質になった人間の処置が、いかに煩わしい手続きを要するものかを、女はあらためて思った。

（いくら考えてみても仕方がない。……寝よう）そう思いきめてみると、幾らか安らいだ気持になった。

自分の家の板戸をあけて、電灯をともした。夫のいない空間が、無性に胸にしみて感じられた。隅田河畔の鉄工所で、夫は深夜作業のトロッコを押していることだろう。

虫が、消え入るように鳴いている。

女は、ひどく落着かない気持でいらいらとふとんを敷き、着物をぬいだ。色あせた桃色の襦袢（じゅばん）が見えた。

女は、襦袢をぬぎかけたまま長い間じっとしていた。夫の体の記憶と男の体の記憶とが、同時に胸の中に湧いてきた。

女は、板壁二枚へだてた板の間に煌々と電光を浴びて死体が横たわっていることを思うと、ふとんに入る気にはなれなかった。彼女は、着物に腕を通すと、電灯を消して戸外に出た。

線路の方で電車の走る音が聞えていた。ひとしきり青白い火閃が上って、遠く右手の森の輪郭が黒々と浮んで消えると、あたりが森閑となった。

り坐った。

　女は、物倦げに隣家の板戸をあけて中に入り、死体の横たわったふとんの近くにぺった
　板の間に眼を落し口で息をしている女の姿は、ばかに可憐な子供っぽい姿に見えたが、その反面、かなり淫靡な姿勢でもあった。臀部を直接に板の間につけた坐り方であった。肩から股までくびれのない体。多数の男を相手にしても痛痒を感じない体のようでもある。この体が、夫とこの死体になった男との二人の男しか対象を持たないでいたということは、むしろ、無慚に思えるほど不自然にも思える。

　女は、ぼんやりと死体をみつめている。リヤカーに蓆ごと載せた時、ふとんを敷いて横たえた時とは、全く異なった感じが女の胸に湧いてきた。

（死んだんだ）口の中でそうつぶやいてみて、初めて男の死が実感になった。

　ふとんのふくらみ、手拭を持ち上げているかすかな鼻の突起、急に死体と同じ部屋にいることが不安になってきた。

　女は、太った体を狭い流し場にはめこみ、団扇で七輪をあおぎはじめた。

　秋の夜更けが、特に火を必要とするほどに冷えこんでいたわけではなかった。が、女には無性に火が欲しかった。火の持つ光度と温度とその柔かい色とが、不安と寂寥を追いはらってくれる——原始人的な意識であった。

　やがて、七輪の火が、かんかんに熾った。女はおおいかぶさるように手を火にかざした。

女の冷えきった胸が、徐々にやわらいでいった。

女は、頬を赤々と炭火に映えさせながら、時々死体の方に視線を向けた。女の胸には、いつの間にか不安も恐怖も消えていた。死体を見守りながら徹夜する看護婦の、あの義務的な、しかし温かい眼の色があるだけであった。

虫が、鳴いている。電車も最終が通ったらしい。女は、静寂にとりかこまれて炭火に手をかざしている自分自身を、無性に幸福なものに思いはじめていた。お通夜……女は何年もの間こういった家庭的な行事から離れていたことに気づいた。それだけに火に温まりながら死体と一夜を過す自分を、ひどく懐しいものに感じていた。

女は、ほのぼのとした気持で満足そうに部屋の中を見廻した。電灯の光が、熟柿(じゅくし)に映える夕日のように小舎の隅々にまでしみ渡っている感じであった。

部屋の板壁には一面に新聞紙が貼ってあって、その上に色あせた女優のブロマイドが笑って貼り付いている。雨漏りがするらしく、その新聞紙の上に茶色い染みが地図のようにひろがり、それが下方の一段と濃い染みに垂れ下っている。その濃い染みは、吃水線のように柱にも壁にも正確な線でしみついていて、その上、幾つもの濃淡の層が出来ている。それは出水のたびごとに浸水してくる水位の高低をしめしているのである。

この地所のあたりは、とりわけ地盤が低い。附近の老人たちの中には、この辺一帯は昔、沼だったと言うものがあるが、その証跡は所々に残っている。自然に湧いてくる水は一様に泥臭く濁っていて、随所に池とも沼ともつかぬ水がたまっている。こんな土地柄のために、この地一帯は水田にも使用されず、ただ蓮田ばかりがひろがっているだけである。

二軒の小舎は、その蓮田の中に取り残されたように立っている。

以前、この地所は工場の敷地にする予定で、かなり埋立てをしたがそのまま放りっぱなしになっていて、そのためちょっとした大雨でもあるとすぐに水びたしになり、二軒の小舎は雨後、幾日も水の中に浸ったままになる。その上、小舎の裏手には大きな池が水をたたえていて、始終水臭い匂いが小舎をつつんでいる。

池の水面には、青い藻が密生していていつもどろどろによどんでいる。その青藻の下蔭は小魚や食用蛙の恰好の産卵場所になっていて、春先から夏の終りにかけておびただしい数の魚類が繁殖する。

水はけが極度に悪いため、家の中の湿気は特にひどい。柱の根元が腐りかけ、流しには黴の絶えたことがない。天井にも板壁にも、大きななめくじが列をなして錫色の跡を曳いて這いまわっていた。

こんな土地に住みついていても、女は病気一つしたことがない。夫も、甚だ丈夫であった。小柄な男ではあったが、ひどく肩幅が広く頑健な体軀をしていた。

夜七時過ぎた頃になると、夫は弁当を腰に勤めに出てゆくのが習慣であった。勤め先は隅田河畔の大きな鉄工所で、夜九時から明方四時まで、河岸から熔鉱炉までレールの上を他の男と石炭を満載したトロッコを押してゆく。深夜の勤めなので給料もかなりの額にはなったが、男には生来執拗な賭博癖が身に染みついている。そんなことで家の中に波風の立つこともあったが、それでも女の貧に慣れた育ちから、いつも大した諍いにもならずに終るのが常であった。

概してこの夫婦の間には、気分的ないざこざというものが起きたことがない。お互いほとんど無関心に近い生活をしている。この奇妙な関係は、男の毎日の勤務時間に一つの原因があった。夫の帰ってくるのは朝方である。朝食をすますと、すぐに男はふとんにもぐり込んでしまう。そして、大きな鼾をかいて夕方近くまで寝ると夕食をすまし、夜食分の弁当を腰に勤めに出てゆく。こんな事情で、女は夫の寝姿と寝呆け顔としか見ることがない。従って夫との記憶は、時さだめぬ情交時にしかたどることができない。その時の姿態のみが、夫を意識させる唯一の手がかりであった。

夫婦の間には、子供が出来たことがない。このことは、一層この夫婦の間柄を肉欲だけの関係に特徴づけていた。

小舎のすぐ隣に小舎が建ったのは、一年ほど前のことであった。

痩せた無口そうな男が、どこからか古材を持ってきては五、六日とんとんとやっていた。一段落ついた日、女の留守に挨拶にきたらしく、そば屋の食券が二枚、板戸のかたわらに置かれてあった。

夫婦は、この唯一の隣人ともいうべき男に全く無関心だった。ことに夫は、勤務時間の関係もあって、ほとんど顔さえも知らないようであった。しかし、女の方は、たまに野菜屑を池のふちに捨てにゆく時、痩せた体をくの字なりにしてバケツの屑を空けている男を見かけることがあった。そんな時でも男は、ちょっと女の顔を一瞥するだけで別に言葉をかけようともしなかった。

冬の間は、家に閉じこもりがちの冷え切った空気のため、没交渉の関係はそのままの状態でつづいていた。

男の小舎の前には、いつも板張りの箱車が置かれてあった。男は、町々を歩きまわっては空瓶を回収し、仕切場へ持って行って売ってくるのを職業にしていた。そんなことで日々の糧を得ている者たちが、この近くには少くなかった。

よく夫婦が差しむかいで朝食をとっている時など、冷え切った朝の空気をふるわせて空車の引かれてゆく音を耳にすることがあった。そんな時、夫婦の間にふと隣人のことが意識された。しかしそれを口に出して見るほど、二人はその男に関心を持ってはいなかった。

しかし、この状態はいつまでもつづかなかった。

春先に思いがけないほどしばしば大雨があって、その度にあたりは一面の水びたしになった。

床上に浸水したことも、一再ならずあった。

この出水は両家の間に、ごく自然な会話をやりとりさせる機会を作った。

しかし、夫の勤務時間と男の労働時間との時間的なずれのために、夫も男もほとんど顔を合わせることがなかった。両家の没交渉の関係は、実質上なんの変化もなかったと言った方がいい。ただ時々夫は、食事時などに男のことを口にするだけであった。

夫が薄暗くなりかけた頃勤めに出てゆくと、女は、ぼんやりと家の中に坐って時をすごすのが常であった。そして、思いついたように部屋の隅から内職の道具を手繰り寄せて、器用に手先を動かし縫針を光らせる。二時間ばかり休みなしにそんなことをしてから道具を片づけると、夫の起きていったばかりのふとんをのべはじめる。あたりには静寂が領している。

女は、横になると、仰向いたままじっと電球の光を眺めている。そんなことをしているのが、女は好きであった。どことなく女には、子供っぽい無心のようなところがあった。一点を放心して見つめている時など、その顔からはたたまれた年輪がすっかり消え失せて、稚(おさ)な稚なした色が浮び出る。

手をのばして電灯を消すと、裏手の池から食用蛙の鳴き声が部屋の中に流れこんでくる。女は、暗闇の中でその声を一つ一つ聞き分けては音を追っているが、それがいつか遠い海鳴りのようになって、やがて、深い眠りに落ちてしまうのであった。女は、そんな孤独な雰囲気を妙に懐しく楽しんでいる風があった。

そんなある夜、横になっていた女は、ふと、蛙の声にまじってかすかな音を耳にした。それは、明らかに酒に酔っているらしい隣家の男の欠伸（あくび）であった。

その音は、ふだん物音一つ立てなかった隣家からであっただけに、女には新鮮な印象であった。女は、この孤独な静寂の中で、自分の身近に一人の男が寝起きしているということに、かすかな恐れをまじえた驚きをおぼえた。

その日から、女は妙に男のことが気になってならなくなった。

夜、横になってからじっと聴き耳を立てていると、物音はしなかったが、たまに物を動かすようなかすかな音がきこえてきた。その気配は、不思議なほど女に強い刺戟をあたえた。女は、しきりに夫の帰りを待ちわびるようになった。

女の心の動きは、夫婦生活の上にも影響をおよぼした。男は、女のかなりな激しさに少からず驚かされた。しかし、その原因が何であるのか、そんなことを疑ってみる男ではなかった。そう言った煩わしい感情の動きは、この男にとって無縁のものであった。男は、毎日休むこともなく勤めに出て行った。

ある蒸暑い夜であった。部屋の中の空気も暑さにすっかりよどんでいた。女は、半裸で団扇を使っていた。隣家の男の帰ってきているらしい気配が、かすかな物音になってきこえていた。

女は、急に立ち上った。「ああ、暑い、暑い」自分しかいない小舎の中で、思いがけなく大きな声を立てた。その声には、わざとらしい空々しさがあった。なにか自分の行為に口実をもうけようとしているようでもあった。

女は、その空々しさを打ち消すように団扇を荒々しくあおぎながら裏戸をあけて外に出た。蛙の鳴き声があたり一面にみち、寒天のようによどんだ空には煌々と月がゆがんだままかかっていた。

女は、蓮田に湧く蚊に上半身を刺されながら池のふちまで歩いた。

池の水面は、月光に照らされて明るかった。咽喉をたるませながら半身を水面にあらわしているおびただしい蛙の膚が、無数の魚鱗のように青白くきらめいて光っていた。雄を背中にのせた大きな雌蛙が、膚を冷ややかに光らせながらじっと青藻につかまっているのも見えた。

女は、池のほとりにしゃがみこむと、団扇で蚊を追いながら蓮田の彼方に視線を据えた。灯のまたたいている人家の屋根屋根が、芝居の背景のように黒々と見え、その上に夫の勤めている工場の三本煙突が、黒い棒のように夜空に伸びている。

煙突の上方にせわしなく点滅する赤い標識灯を見つめながら、女は、夫のことをしきりに思い出そうとつとめてみる。が、なぜか夫が自分とはひどく縁遠いもののように思えてならなかった。

女は、男の家を振向いてみた。自分の家と並んで男の家が見えた。

それは不思議なほど近々と隣接して立っていた。女の胸が急にいらいらと疼いた。

水面でかすかに物のはじけるような音がしている。藻の間から、小さな魚が口吻を突き出して酸素を吸っているのだ。

女は、しばらくしてゆっくりと立ち上った。家の方へ歩きながら、自分の顔色が少しずつ変ってゆくのを意識していた。女は、自宅の戸に手をかけたままその場に立って男の家を見ていた。

屋根の煙出しから白い煙が立ちのぼり、さかんに団扇で七輪をあおぐ音がしている。遅い夕飯の仕度をしているらしい気配だった。

男が食事前であるということが、女に勇気をあたえた。女は、家の中に入ると南瓜の煮付けを皿に盛って男の家の裏手に立ち、恐るおそる裏戸をあけた。

煙のたちこめた小舎の隅で、背中を見せてかがんでいた男が、顔だけをこちらに向けた。

「南瓜、食べませんか」

女は、男の返事も待たず板の間に皿を置いた。女の声は、少しひきつれていた。

痩せた上半身をむき出しにした男が、白煙の中を立ってきて礼を言った。男の態度は、ひどく打ちとけていた。女の気まずそうな表情を無視したような無遠慮さがあった。女は、救われた気がし、同時に、少し勇気が湧いてきた。

女は、小舎の中に入りこむと火を起し、米を炊いてやった。そして、少しばかり世間話いた。

をしてから一時間ほどして自分の小舎にもどった。女は、ふとんも敷かずにぼんやりして

　その夜、横になってから女は輾転反側した。今まで経験したことのないほどの堪えがた

い淋しさであった。

　次の日、夕方からぱらつきはじめた雨が、夜になってざんざん降りになり、庇（ひさし）から落ち

る雨音が小舎の周囲に満ちた。

　雨が小降りになった頃、女の家の電灯が消えて裏の戸が開いた。姿を現わした女が、破

れ合羽を頭からかぶって丼を手に雨脚をうかがっていたが、意を決したらしく素足で水た

まりをぴちゃぴちゃ踏みながら雨の中に出た。そして、思いまどったように雨の中に立っ

ていたが、男の小舎の裏戸に近づくと戸をあけて中へ消えた。……女が自分の小舎に帰っ

たのは、夜が白々と明けはじめた頃であった。

　女は、その日一日中、焦点のさだまらないうるんだ眼をしてぼんやりしていた。体がひ

どく大儀そうであった。男から受けた印象は、女にとって強い衝撃となった。

　昼間見ると無口で鈍感そうなその男が、女の体に対しては奇妙なほど器用であった。体

格もよくちょっとした大工仕事にも器用な夫が、夜の生活では無器用であるのと対照的で

あった。

　男は、時々快楽の代償という意味で女に幾ばくかの金をにぎらせた。独り身であったこ

の男にとって、そのような類いの金は少しも惜しいとは思われなかったらしい。女は、それを愛情の証として満足し受け取った。

　米の配給を取れないと愚痴っていた女が、翌日、けろりとして配給米の袋をさげて帰ってくることがよくあった。

　夫は、それにかすかな不審感をいだいた。しかし、夫はそれを深く疑ってみようという気は起さなかった。女の魔術的な家計のやりくりには、なるべくその原因をそっとしておきたい怠惰が夫にはあった。たとえ原因を突きとめてみたとしても、結局は、女の家計上の心労が自分にも余波となってふりかかってくるぐらいがせいぜいである。夫には、そういった詮索を好まぬ気持がこびりついていた。

　隣家の男との、かなり大胆な秘事は、しばしば露顕の危険にさらされながらも、こうした夫の怠惰によって辛うじて保持されていた。

　池の蛙は、夜々その数を増していった。

　女が、男の体を抱いている時にも、蛙の鳴き声が闇を通してしきりにきこえてくる。自分の小舎の中で一人きいていた時には、安眠を誘う音楽のようにも思えたのに、それが今では全く異なったものに感じられた。

　気のせいか蛙の声は、自分の家できくのとは音質も音量も異なっているようにきこえた。それは、池に対する方角と、家の構造の相違とからくる錯覚にちがいなかったが、その相違は女に男の家に来ているという罪の意識をいだかせた。

男が轢死したことを聞いた時、女は心臓がはりついたような衝撃をおぼえた。

しかし、男の死が徐々に胸の中で納得されてゆくにつれて、女は奇妙なことに深い安堵を感じた。(男との秘事が、夫に永久に知られないですんだ) 女は体から力が抜けてゆくのを感じた。

女は、いつの間にか七輪に身をかがめながらうつらうつらと眠っていた。さまざまな夢が、万華鏡のように絶え間なく脳裡に浮んでは消えた。大部分は漠とした海や川の夢であった。

いつの間にか雨がぱらつきはじめたらしく、夢の中の激しい瀬音が、トタン屋根をたたく雨の音に代った。

炭火が、すっかり灰になっていた。体がひどく冷えているのに気づいて、女はまた火を起した。

雨音がまばらになり、けろりとやんでしまうと、こおろぎがおずおずと鳴きはじめた。が、町の方からまた雨脚が急速に近づいてきて、ひとしきり雨の音がすると、やがて蓮田を渡って雨が遠ざかっていった。

そんなことを何度も繰返しているうちに、小さなガラス窓が少しずつ青味をおびはじめてきた。

　遠くで、鶏の鳴く声がした。夜明けの物音が、町の方角から遠い潮騒のようにかすかにつたわってくる。

　女は、炭火に手をかざしながらぼんやりと火の色を見つめている。頭にはなにも浮んでこない。電車の始発が通る。ガラス窓が大分明るくなった。遠くではあったが、かなりはっきりと戸を繰る音がきこえた。

　不意に近くに足音がし、自分の家の戸をあけて中に入る人の気配がした。

　放心していた女は、立ち上った。夫の足音であった。女の背筋が、冷たく凍りついた。罪の意識が頭一杯にびっしりはりついた。が、一瞬の後、女の体の緊張がゆるんだ。一つの考えが遅まきながらよみがえった。(男が死体になった、その事故が自分の立場を文句なしに意味づけてくれるのだ……)

　女は、立ち上ると自家の板戸をあけた。

　夫の顔には、単純な不審の色しか浮んでいなかった。

　女は、落ちついた表情で言った。

「隣の人が死んでね、電車にひかれて……」

　夫は、驚いた顔をした。その表情に、女は勇気を得た。女は、ひどく饒舌(じょうぜつ)になって事故の模様を詳細に説明した。

「それでね、巡査が一晩、番をしてくれって言うもんだから……」

女は、夫を案内して隣家の板戸をあけた。しかし、夫は布におおわれた死体を見ただけで、顔をしかめて中に入らなかった。

女は、夫と死体の処置についていろいろと話し合ったが、そのうちに昨夜の警官がやって来て、その意見をきき、結局、家財道具を売りはらってその金を焼骨代にあてることになった。

夫は、早速棺がわりに四角い木箱を作り、屑屋を呼びに行った。夫が出て行くと、女はそっと死体の顔をおおっている手拭をとってみた。顔面にはさらに死相がくわわっていた。

女は、四角い木箱の中に新聞紙を数枚敷いて草鞋(わらじ)と杖を入れた。そして、男の死体を力をこめて抱き起し、冷たい傷だらけの体を木箱の中に正坐させた。それは、ちょうど腰がやっと入る程度の広さであった。

硬直してはいたが、無理に力を入れると首を垂れ加減にしてやっと納まった。女は、蓋をすると持ち上り気味の木蓋に釘を打ちつけた。

やがて、屑屋が来て、家の中のものを何やかやで千円近くの金で買い取った。

部屋の中に横たわっていた死体が、いつの間にか木箱の中に納まっているのに気づいて、夫は顔をこわばらせた。(自分の留守に、妻が死体を抱きかかえて箱につめたのだ)夫は、不機嫌をかくせない性質であった。その夫の表情に、女は自分の軽率な行為を悔いた。肉体的に熟知していた男の体であったので、冷たい死体もさして恐しいものとは思えなかったのである。

　この女の行為は、露顕のきっかけともなりかねなかった。しかし、夫は、自分の妻が他の男と密通するなどとは想像すらしたことのない男であった。その夫の楽天的な性格が、危うく女と死体の男との関係を明るみに引き出さなかった。

　ともかく夫の不機嫌は、妻と死体との関係を疑ったのではなく、少くとも妻が自分の眼の範囲外で他の男の死体に触れたということに因を置くものであった。

　夫は、急に死体を火葬場まで運ぶのに嫌気がさした。屑屋を呼びに行ったことすら腹が立った。かれは、自分の家の裏戸をあけて中に入り、部屋の中央にごろりと仰向いた。屋根に近く取り付けた小さなガラス窓を、下半分灰色にかげらした秋雲がひんやり動いている。

　夫は、不快そうに大きな欠伸をすると眼を閉じた。女が隣の小舎でさかんにかれの名を呼んでいる。かれは、眉をしかめて横に寝返りを打った。うすべりの冷えびえした藁の匂いが、鼻に近々とふれてきた。

　戸が開いた。

「あんた」

　女の戸口に立ったままらしい声がした。

夫は黙っていたが、少し女の方へ寝返りを打った。

「疲れてるんだ。お前、運んでやれよ」

声は嗄(しゃが)れていたが、動作も声も素気なくはなかった。むしろ、いたわるような優しさがあった。

しかし、女は内心どきりとした。夫の拒絶は、不気味だった。

「だってあんた、私一人じゃ」

女は甘えるように顔をしかめてみせた。

「疲れているんだよ」

夫は、今度はあきらかに不機嫌そうな声を立てた。

「だって私一人じゃ……」

語尾が消え入りそうに小さくなった。女はそれきり黙ってしまい、入口の小さな土間に立っていた。

節穴から射し込む秋の日が、節くれだった男の足の甲に小さな日だまりを作っている。

女は姿勢を崩すと、板の間に腰を据えた。そして、すねた仕ぐさで束ねた髪をほどくと、木櫛をとってごしごしと梳(くしけず)った。赤茶けてはいたが、毛の量は多かった。

女は、顔をゆがめながら溜息をついた。

「生きている時にはろくに挨拶もしなかったくせに、他人に迷惑をかけて……」

女は、いまいましそうに死体のことを愚痴りはじめた。

「一体、身内の者はどうしているんだろうね。まさか木の股（また）から生れたってわけでもないだろうに」

女の顔には、憎悪の色さえ浮んでいた。

体液も体温も消滅してしまった死体……その体との交接が、今ではただ腹立たしい記憶となってよみがえってくるばかりだった。

夫は、相変らず背を見せたまま黙っている。

飛行機の爆音が急にのしかかってきて、窓が一瞬かげった。その激しい通過音で、女の饒舌はとぎれた。女は、話す接穂（つぎほ）が見つからず渋々小舎を出た。

枯れ切った蓮田の彼方に富士の姿が、うっすら雪をかぶって見えている。

女は、いまいましそうに木箱をリヤカーに載せ、怒ったように曳き出した。

酸い腐臭が、空気の中をどんより動いた。石だらけの路が、女の眼に白く光ってみえた。

男との過去が、今では女の重荷であった。物質になってしまった男の体は、もはや女にとって単なる荷厄介なものに過ぎなかった。

夫は、リヤカーの輪音が遠ざかるとむっくりと身をもたげ、半腰のまま板戸を少しあけてみた。

戸外には、爽やかな秋景がひろがっている。その茶色くなった蓮田の間を、リヤカーが町の方へ揺れてゆくのが見えた。

　上半身を曲げてリヤカーを曳いてゆく妻の肥えた後ろ姿、それは夫の目にもぎこちない姿に映った。

（曳いて行ってやってもよかった）ふっと夫はそんなことを思った。そして、小さな欠伸を一つすると、音を立てて戸を閉めた。

　すでに胡麻粒ほどに小さくなった女の黒い頭部が、枯れ研がれた枯草の路を町の方へ曲るところであった。

青い骨

一

英一は、車を拾ってくるとアパートの階段を上った。久光が、妹の体を白い毛布で包んでいた。早速、英一が頭の方を持った。体は思ったより軽かった。

妹と同室の、雀斑(そばかす)の浮いた女は、無言でついて来てタクシーのドアをあけてくれた。

車は、すぐに走り出した。

英一は、久光の妹の顔を胸に押しつけながら、バックミラーの中を注意していた。

運転手は、神経質そうに眉を寄せてじっと前方をみつめている。いぶかる風は全くなかった。

久光は、窓ごしに初夏の街々を眼を細めて眺めている。夜の白々明けに、女のような声をあげて泣きつづけた久光とはどうしても思えない。表情も明るいし、眼もとに微笑のかげさえ浮んでいる。

妹の体の後始末も、英一と同室の女とでほとんどしてやった。久光は、いつまでも部屋の隅に伏して泣いていた。

「変な人ね」

同室の女も、呆れていた。

朝になって、英一は久光と外食券食堂に入った。

「ねえ、お願いがあるんだけど……」

久光は、泣いたことでさっぱりしたらしくはればれした顔をしていた。

「君の親戚に、××大の医師がいたっけね」

眼が、いきいきと輝きはじめた。

彼は、妹の体を病院へ持って行きたい、と言った。

妹の仕送りで生きてきた彼にとって、妹の死は、大きなマイナスであった。そのマイナスの中から、彼は少しでもプラスになるものを得ようとしている。

「どんな手続きをしたらいいのか、きいてみてくれないか」

久光は、英一に媚びるような表情をした。

妹の体にすがり泣きに泣いた久光の涙は、何であったのだろう。

英一の表情が、曇った。

「妹さんの体を売るんだね」

英一は、ぎこちなく言った。

久光は、不快な顔をした。

二人は、しばらく黙っていた。

「いい、わかったよ。僕の妹だから、僕のいいようにするよ」

久光の声が、少しふるえていた。

英一は、あわてた。

「いいったら。別に、無理にっていうんじゃないんだよ」

久光は、冷たい眼をして言った。

二人は、顔を青ざめさせて、たかぶった短い言葉を投げ合った。

英一が、立ち上った。そして、食堂の前の公衆電話のボックスに入ると、せかせかとダイヤルを廻した。

英一が席にもどると、久光は箸を動かしていた。

「寄附っていうことになるんだって、お金は幾らぐらいかわからないそうだ」

英一が言うと、久光は長い睫毛(まつげ)を上げ、

「でも、無料じゃないんだろ」

と、白い歯列をみせて、照れ臭そうに笑った。

久光の妹の死因は、肺炎であった。妹はヌード写真のモデルをしていたが、暖房設備の

不完全な部屋で、かなりの時間衣服を脱いでいたため発病したのだという。

久光の下宿している英一の家へ、妹は四、五度訪ねて来たことがある。口数の少なそうな、頭髪の長く波打った初々しい少女だった。そして、いつも、玄関の外につつましく立って、きまってはにかんだように口もとをかたくして「兄さん、いますか」と、細い声で言った。

妹の稼ぎが、どの程度であったのか。部屋の妹の荷物は、少女らしく華やかではあったが、一目で安物と知れる身の廻り品だけが、小さな行李一つに納まっていた。

英一は、ある低級な雑誌に載った妹の写真を、ひそかに切抜いて蔵(かく)している。その写真では、妹は体をねじり愁い気にうつむいて立っている。乳房も豊満ではないし、腰の線もかたそうだったが、未熟なものの持つ儚い魅力があった。

久光の家は、公卿(くげ)の血を受けついでいる。久光にも妹にも、凋落(ちょうらく)してゆくものの持つ残照にも似た美しさと繊弱さが本質的に感じられた。

久光の父は、戦前、若い芸妓と情死して新聞紙上をにぎわしたが、終戦後、銀座でバーをはじめた久光の母も、一年もたたぬ間に若いアメリカ人のバイヤーと行方知れずになってしまった。

絶えんとして絶えずに細々と受けつがれてきた久光の家の血も、妹の死亡した現在、ただ久光の脾弱(ひよわ)な血管の中を流れているだけになった。

一ヵ月ほど前、久光は、英一と入浴していた時、突然、むせると鶏の肝のような血痰を吐いた。

英一は、思わず腰台から立ち上った。

久光は顔色を変えて、しばらく放心していたが、やがて物珍しそうにタイルの上に落ちた血痰を指先でつまみ上げた。

裸体のままで立ちすくんでいた英一に見せた久光の、悪戯でも見つかったような照れ臭そうな顔は、英一に哀感をいだかせた。

イモウトキトクという電報がきた時、久光はまだ病臥の状態にあった。

「ともかく、行ってくる」

と言って、久光は学生服を着ると、英一に付添われて夜の道に出て行ったのである。

久光と英一がアパートに着いた頃、すでに妹の顔には死相が現われていた。同室の女と三人で妹の体をかこみ、一夜眠らずに過した。

窓外のまぶしい陽光に、英一は眼をしばたたいた。久光の体が徹夜に堪えられる体ではないことを、急に思い出した。

英一は、久光の横顔を見た。久光は、久しぶりに戸外を見るせいかひどく楽しそうな表情をしている。しかし、久光の体はやはり発熱しているらしく、眼が潤み、頬が火照っていた。

自動車は、舗装した坂を登って行く。道の両側が深い緑樹で、白い毛布がその反映にうっすら緑色に染まっている。

ふと見ると、その毛布の間から合掌した妹の指の爪が、マニキュアの色を奇妙に光らせてかすかにのぞいていた。

二人が家にもどったのは、灯影がまたたきはじめた頃であった。

母は葬式の事など一切を海老原に頼んであったらしく、英一が、妹の体を病院へ納めてきたと口ごもりながら言うと、怪訝そうな表情をした。

久光は、二階へ黙って上って行った。

「病院へって……」

「寄附してきたんだよ」

「何を？」

「妹をさ。久光は、自分の病気を治療する金が欲しいんだって。僕も一緒に運んだんだけど、病院じゃ四千円しかくれなかった」

母の顔色が、変った。

「寄附？」

「解剖して、実験用にするんだろ」

英一は、母の驚きをあらかじめ予測していただけに説明するのが億劫だった。

母は、英一の横顔をまじまじと見つめている。

どうとでも解釈するがいい。英一は、故意に平静な表情をしていた。母の驚きを無視することに、加虐的な愉悦すら感じていた。

「御免下さい」

玄関で、海老原らしい低い男の声がした。

母は、立つと玄関の方に行き、海老原にしきりとなにか弁解しているらしい気配がした。

英一は、足を投げだした。

湯あたりした後のような疲労感が、体の筋肉に一時に湧いていた。

二

次の日、英一が学校から帰ると、居間に海老原が来ていた。

海老原は挨拶をしたが、母は、英一の方に視線も向けなかった。

「久光、まだ帰ってこない？」

英一は、わざと無造作な口調できいた。

「まだだよ」

母の声は、冷たかった。母は久光にも不服なのだ。

英一は、坐って一人で茶をいれた。久光は、昨夜おそく出たまま朝になっても帰ってこない。妹の体を売った金を懐に、外出したことは容易に想像できた。

障子に夕映えがして笹の葉が映り、引手の×印が鮮やかなシルエットになっている。

「英一さん、二十日鼠が仔を生みましたよ」

海老原が、声をかけてきた。この男のおもね方には、おどおどした所がなく身にしみついたものがあるので、不自然な気が少しもしない。

テーブルの上に、赤い籠がのっている。

英一は、籠に顔を近づけた。籠の中には、牡らしい二十日鼠が緑色の小さな車を丹念に踏んで廻している。その籠の底に、ちょうど開き切った甘藍の花のように寝藁の一本一本が一カ所に綺麗にかき集められていて、牝が腹ばいになっている。その下から毛のない薔薇色のものが、うごめきながらのぞいていた。

よく見ると、それは眼の所だけが紫色がかって出張った、血をはらんだ耳朶のような生れたばかりの仔鼠であった。口の所だけが、ことに血のように赤い。

いつの間にか、母も近くへ来て籠の中をのぞいている。母の細い眼が、光をおびてはち切れそうに見開いている。

母は、父が戦犯者として獄死してから好んで小動物を飼うようになった。金魚、十姉妹、錦花鳥、雉鶏等。

この二十日鼠も、母が二カ月ほど前、露天商人から番いを買ってきたものであった。

母は、毎日、籠の中の白鼠に見惚れていた。母の愛し方は並はずれていて、白魚をまぜた擂り餌をあたえたり、米粒を歯でかんで指先にのせて食べさせたりした。白鼠は、日々毛の艶もよく、体つきにも脂が乗って肥えてきた。

「チュッチュッ」

母が、舌を鳴らした。

今まで車を一心に踏んでいた牡の二十日鼠が、片足を宙に不安定に上げ、首をかしげて耳を澄ます姿態をする。

「牡の方は、私の合図がわかるんだよ」

母は、いつの間にか機嫌を直したらしくつややかにほほえんだ。

夕日が障子の下隅から欠けはじめて、みるみるうちに上方へと薄れていった。海老原が立って電灯をつけた。母は籠を違い棚の上に移すと、それに紫色の小さな布をかぶせた。

英一は、海老原の持ってきた夕刊を畳の上にひろげて読みはじめた。

「では、これで……」

海老原が、敷居の所で手を突いた。

「まだいいじゃないの」

英一が寝そべりながら言ったが、海老原は、

「へえ、また」

と言って頭をさげると、玄関の方へ立って行った。

海老原が英一の家へ出入りするようになったのは、一年ほど前からである。初めは、画幅の売却の事でやって来たのだが、近頃ではほとんど一日おきぐらいにやってくる。

英一の父は、軍事に異常な才のある陸軍の将官であったが、つつましい母はこの父に幾度も性病をうつされて、一時は頭髪がすっかり脱け切ってしまったこともある。幼い英一の眼にも、母は、利己的な父の単なる性欲の一対象物としてしか意味のないものに映じた。

そうした母の過去を知っているため、英一は、母のもとに通ってくる海老原にも、またそれを無抵抗に迎える母にも嫌悪は感じなかった。むしろ、憐れみに近い感情をいだいていた。

母は、むろん、英一に対して気を兼ねていた。そのくせ、無意識ではあろうが大胆に海老原をかばう風も見えた。

海老原は、若い頃、日本画を本格的に修めたというが、今では柯月園という号を持つ染物の図案師であった。器用な手先をしているらしく、良質の米粒に小さな彫刻刀で百人一首の中の恋歌の一節をきざんだり、石鹸(せっけん)を彫刻して優美な江戸の女の立像を作り上げたりしてみせた。

彼は、図案師としてかなりの収入を得ているらしいのに、英一の家へくると妙にへり下って、棚を吊ったり屋根を直したり、夕食時に魚を見立てて驚くほどの素人放れのした料理を作ってみせたりする。挙措が、しごく殊勝なのである。そして、今日のように英一が帰宅すると、きまって小一時間もせぬうちに目立たぬように帰って行く。決して、夜泊りてゆくなどということはなかった。

海老原を玄関まで送って出た母が、居間へもどって来て、少し膝を崩すと鏡台の前に坐った。

英一の眼に、二重にくびれた母の脂ののった咽喉（のど）の肉が見える。母は、コールドクリームで顔を拭きはじめた。

父の死後、母は急に肉がついて若やいだ。ことに若い速記者とのことがあった頃から、春水のほとびるようにみずみずしい色艶が出てきた。

母と速記者とのことを、英一は長い間気づかずにいた。母は、驚くほどそうしたことには細心であった。結局はその関係も速記者からの離反に終ったが、そのことを境に、母は夢見がちな光を茫々と眼にうかべるようになった。

……母は、白粉気（おしろいけ）をすっかり落して立つと、隣室の簾（すだれ）の向うに入って、浴衣をつけた。

庭に、爽やかな音がかすかにしはじめた。

帯の結び目を直しながら居間に入ってきた母が、顔を上げ耳を澄ました。

「雨かしら」

言い終るか終らぬうちに、にわかにあたり一面に沛然（はいぜん）と雨の音が満ちてきて、部屋の中にも庭から雨気が流れこんできた。

英一は、急いで立ち上ると廊下を渡り、雨戸を繰りはじめた。

雨に黒々と打たれた庭の樹々が、身をすり合わせてゆれている。樋からあふれた雨水が白々と落ちて、飛沫が英一の顔にも足元にもひやひやと触れてくる。

最後の一枚を繰った。耳を聾するばかりの雨音が、急にこもって小さくなった。

玄関の方で、人の声がした。誰の声かわからなかった。

英一は、玄関へ行ってみた。母が、敷台に腰を下ろした久光の頭をタオルで拭いてやっている。

筋肉質の小柄な男が、立っていた。

「このお客さんが私どもの所で血を吐きましたんで、びっくりしましてね」

男の言葉づかいはひどく丁寧だったが、それがいかにも不自然で野卑な響きがあった。

「もう一晩とおっしゃるんですが、体にも悪いと思いましたんで」

母は、男にしきりに礼を言い、ふと気づいて奥へ入ると、ちり紙につつんだものを持って来て男に差出した。

男は「とんでもない」と大仰に手を振って辞退したが、やがて、あっさり受取ると腰を低くして、

「じゃ、お兄さん、お大事に」と、久光に言って雨の中へ出て行った。

「どうしたんだい、君」

英一は中腰になった。

久光は、不貞た顔をして足を拭いている。

「妹とそっくりの娼婦(おんな)がいたんで泊っちゃったんだ。もう一晩って思ったんだけど、血を少し吐いたもんだから帰って来た」

そう言って苦笑すると、物憂げな足取りで二階へ上って行った。

「久光の払いは？」

「それはすんでいるらしいんだよ」

母は、さすがに気づかっているらしく顔を曇らしている。

「塩水を飲ませようよ、母さん」

母はうなずくと台所に入り、薄白く濁ったコップを持って出て来た。

英一はそれを受取ると、二階へ上って行った。

久光の部屋は、暗かった。電灯のスイッチをひねると、久光が部屋の中央に坐っているのが眼に映った。ワイシャツが濡れて、肌の色が透けてみえる。

英一は、久光の近くに坐った。

「塩水を飲まないか。止血になるから……」

久光は、身じろぎもせず、黙って畳の上に眼を落している。彫像のようであった。

英一は、久光の口もとにコップを持っていった。

久光は、無抵抗にコップのふちを唇にふれさせている。静かな表情だった。

英一は、久光の肩を抱くようにしてコップを傾けた。久光の顔が鹹味（かんみ）にゆがんで、わずかずつ咽喉の骨が動いた。

眼を閉じ仰向いている久光の表情を見ているうちに、英一の眼に、かすかな輝きが浮びあがってきた。英一は立つと、手拭かけからタオルを取り、久光のワイシャツを脱がせた。久光は、英一のなすがままになっている。

英一の眼に、久光の形のよい繊細な骨格が映った。英一は、息をつめたように左手でその温かく薄い肩にふれ、濡れた背中を拭きはじめた。肌の香りがただよっている。

英一のタオルが胸にふれて首に移った時、英一の手が止った。久光の眼に涙がはらんで、英一の顔を見つめている。

「どうしたの？」

英一のかすれた声が終るか終らぬうちに、久光の華奢な体が英一の肩にぶつかってきた。

「ねえ、きみ。死んでよ。死んでくれよ」

息が、英一の胸の皮膚にかかった。英一の顔から、血がひいた。久光が、表情をうかがうように英一の顔を見上げた。英一の顔は、白けていた。

英一は、タオルを再び手にすると久光の頭を拭いてやりながら、

「また、癖が出たね」

と、言った。

久光は、ぎくりとして身を退き、

「どうして?」

と、不安そうな眼をして言った。

英一は、妙な笑い方をした。

「君は、前に一度、僕に恥をかかしたからね」

英一が以前久光から死を誘われた時、久光の燃えるような眼の輝きに、英一の頭は自然とうなずいてしまっていたのだ。すると久光は、それまでの哀願の態度をがらりと一変させて長い睫毛を伏目にし、ひどく満ち足りた色を口もとに浮べてほほえんでいた。

結局、それきりであった。死を誘ったことなどけろりと忘れたように、はればれした顔をしていた。そして、その後どことなく英一に自信のある対し方をするようになった。

久光は、以前に自殺未遂の経験があった。その時は伊豆の海に入水したが、女だけが死んで久光は蘇生した。その話をきいた英一は、久光には初めから死ぬ気はなかったのだろうと推測した。

一緒に死んでくれる……そこに久光は、幸福を感じているにちがいない。これほど的確に愛情を確かめる試みはないと、久光は信じているにちがいなかった。しかし、試みられることによって、相手は深く傷つけられる。

「じゃ、君、いやなんだね」

英一は、薄ら笑いをして黙っていた。

「わかったよ」

久光は、手を伸ばして肩に浴衣をはおった。

「別に君じゃなくたって、一緒に死にたいっていう人は他にもいるんだよ」

英一は、黙然ときいていた。

「僕が死んだら、病院へ売るといいや。しかも二つだからな」

久光は、声を立てて笑った。しかし、その声には不自然なわざとらしい響きがあった。

英一は、部屋を出た。

雨がやみ、瓦が濡れて魚鱗のように光っているのが窓ごしに見えた。

三

七月も中旬になった。

夕立の多い夏であった。樹木の多い英一の家の庭は、その度に雨脚で白く煙った。

久光の看護は、母が担当していた。母は、別に病気をいとう風はなく、二階から下りてきてもあっさりと手を石鹼で洗うぐらいのもので、消毒などする風もなかった。

二十日鼠の仔が生れてから、母の二十日鼠に対する執着は一層つのった。仔の発育をうながすために、毎日、素焼の小器に一個の割で卵の黄味をみたし、主として牝鼠にあたえる。牝は、ほんのり桃色がかった足先を器のふちにかけて、丹念に黄味を吸っていた。

仔鼠は、日増しに育ってきた。牝鼠も、時々巣を離れては車を踏んでいた。

その日も、午後になって驟雨があった。縁先に出されていた二十日鼠は、雨しぶきのふりかかる籠の中でさわがしく走り廻っていた。

英一は、ガラス戸を閉めると、二階へ上って行った。思った通り、久光の部屋のガラス窓は開いていて、雨しぶきが部屋の中にも入っていた。英一は、ガラス窓を閉めた。窓の外は、緑の木立が雨に叩かれながら明るくゆれている。

英一が入ってきた時から、久光は眼を閉じていた。が、瞼が痙攣しているので、部屋の明るさを視神経で感じていることは確かだった。

雨は、急に勢いを衰えさせるかとみると、前にも増して激しくなった。

久光の顔は、少し見ぬ間に病みやつれ、肌に静脈が浮き出し、眉が美しく伸びていた。

階段に足音がして、母が顔を出した。

「久光さん、女の人が……」

久光は、眩ゆそうに眼をあけて母の方に顔を向けた。

「お見舞いだって……」

「誰？」

「山根さんていう人よ」

久光は、しばらく返事をしなかったが、やがて、「通して下さい」と言うと、再び眼を閉じた。

母が、階下へ下りて行った。

久光の顔には、かすかな動揺の色が浮んでいる。青い薊の夏掛を胸にまでかけた白い首筋に、ほのかに血の色が上っている。

「どうぞ」

母の声が、階下でした。

英一は、立つと廊下に出た。階段の上まで行くと、母の後から菫色のワンピースを着た若い女が伏目になって上ってくる。

女は、英一の姿を認め、あわてて頭をさげた。

英一は、階下に降りたが、女の顔を見た折のひやりとした感覚が体に満ちていた。

「何だろ、あの娘」

二階から下りてきた母の声は、不安そうだった。

「遊廓の女だよ」

「そうかしら。素人の娘のようにも見えるね」

母は、納得のいかないような表情をした。

英一は、久光が妹と似た女を抱いたと言ったことは事実だったのだ、と思った。妹より気品もなく都会的ではなかったが、思わず声をあげかけたほど女は久光の妹に似ていた。

英一は、母とともに黙ったまま庭の方を見ていた。

雨が急に衰えはじめ、日が射してきた。濡れた樹葉が、日光を反射して眩ゆく輝きはじめた。

雨脚が、見る間に細くなった。

枝折戸の鈴が、鳴った。

長い風呂敷包みをかかえた海老原が、爪先ではねるようにして、濡れ光った飛石の上を伝ってくる。

母は、立ってガラス戸をあけた。その音に、海老原は足をとめて、笑いながら頭をさげた。

海老原は、足もとを縁先でぬぐい部屋に入ってくると、英一にも挨拶した。

蟬が、啼きはじめた。

「もうすぐ御命日だと思いまして……。私が二年ばかり前に描きましたものを持って参りました」

そう言って、海老原は風呂敷をほどいて桐箱から掛軸を出すと、鴨居にかけて器用にたらした。

観音が、岩の上に少し膝を崩して坐っている図であった。力弱い変哲もない絵であった。

「もうちょっと近くで見て下さい」

海老原の言葉に、無意識に近寄った英一は、思わず眼をこらした。

一ヵ所それと気づいてからよく見ると、観音の面も、白毫(びゃくごう)も、衣も、岩も、そして背景にあっさり描かれた樹木も、線がすべて経文らしい微細な梵語で、文字が緻密に連結されている。

「全部、字なんですね」

母も近寄って、眼をこらした。

海老原は、面映ゆそうな表情で黙っている。

「何よりのお供え物だわ」

母は、茶をいれた。

海老原は、「お線香を一つ……」と言うと、隣室に入って行った。灯明がともり、鉦(かね)が小さく鳴った。

英一は、縁側に出るとあぐらをかいた。樹木に日があたって、庭石もまばらに乾きはじめている。

ふと、英一は、女の含み笑いをきいた気がした。思わず、身をかたくした。久光の部屋の窓が開いているときは、部屋の物音がよく階下にまできこえる。

しかし、物音はそれきりしなかった。英一は、姿勢を崩した。気持が苛立った。母が、茶をいれる手をとめて耳を澄ましている。

英一は、柱に背をもたせた。

「はい、お茶」

母は、手を伸ばして茶を英一の方に差出すと、「二階、ずいぶん長いね」と、さりげなく言った。そして、海老原にも茶をすすめながら、

「二階にお客さんなのよ。もう大分たつんだけど、体にさわるしね」

海老原は、

「そうですか」

と言って、天井を仰いで見た。

「遊廓の女なんだよ」

英一が言うと、海老原は「おやおや」と苦笑いをした。

それきり三人とも黙りこんだ。海老原は、母と英一を遠慮深そうにながめている。英一は、鋏で足の爪を切りはじめた。母は、ぼんやり茶を飲んでいる。

「じゃ、私がその女に注意いたしましょうか」

海老原が、言った。

「そうね」

母は、浮かない顔をしている。英一は黙っていたが、胸の裡(うち)では、海老原がそうしてくれれば一番良いという気がしきりにした。

母が、文机(ふづくえ)の置時計の方に眼をやった。

「余り長いからね」と、つぶやいた。

「注意してもらえば」

英一が言うと、母は「そうだね」と言って海老原に顔を向け、

「お願いするわ」と、言った。

海老原は、立ち上ると二階へ神妙な表情で上って行った。

英一も母も、黙って海老原の下りてくるのを待っていた。二階からは、物音一つしない。

やがて、海老原が下りてきた。英一も母も、海老原の顔を見つめた。

海老原は、

「もう帰るそうです」

と、さりげない口調で言った。

すぐにひそかな足音が下りてきた。海老原の後ろから、母もついて出た。

「お邪魔しまして……」

北国の訛りのある女の声だった。

「また、どうぞいらして下さい」

母の声がしていた。

英一は、縁先から下駄を突っかけて庭に下りた。

雨後の庭は、爽やかで涼しかった。飛石を伝い、池のふちまで行って二階を見上げた。

窓は開いたままになっていて、久光の部屋の天井に池の水の反射が、縞紋様になってゆらいでいた。


翌日、女は、またやって来た。それから三日にあげず訪ねてくるようになった。

母は、さすがに顔をしかめて、露骨に女に冷淡に振舞った。

女はひどく気兼ねしているらしかったが、訪問をやめる風はなかった。菓子や果物の籠をその度に持って来た。

「芯の強い娘ね」

母は、呆れていた。

……ある日訪ねてきた女は、かなり長い間、久光の部屋にいた。ようやく二階から下りてきた時、女の眼は泣き疲れたように脹(は)れていた。

その夜、久光はひどく血を吐いた。医師がよばれ、胸の上に氷嚢が載せられた。母は、寝ずに深夜、氷をかいていた。

それから、三、四日して玄関に女の声がした。台所で氷をかいていた母は、徹夜つづきで血走った眼を光らせながら玄関に出て行った。

「あの日、あなたが帰ってから血を吐きましてね。絶対安静で、面会謝絶にしなさいとお医者様に言われましたから……」

母の強い語調に、女は呆然として言葉も出ないらしい。

英一は、きき耳を立てた。女が泣いている声がきこえた。

「駄目なんですったら」

母の声が、おしかぶせるようにひびいた。

「会わせて下さい。お願いです」

「あなたも変なひとね」

「お願いします。お願いします」

女は、母に頭をさげているらしかった。

母の声は、それきりしなくなった。女のかすかにすすり泣く声のみがきこえていた。どれほどたった頃か、玄関の鈴が静かに鳴って、女は出て行った気配だった。

母が、居間に入ってきた。蒼ざめた顔をしていた。

「全くしつっこいったらないよ」

昼が、痙攣していた。

二階で、鈴があわただしく鳴った。……喀血後、声を出すことを医師に禁じられている久光は、母を呼ぶのに鈴を鳴らす。

母は、いったん台所へ行くと、氷のつまった氷嚢を手に二階へ上って行った。

久光がなにか母に言う声がし、母のそれにこたえる低い声がきこえている。声が、次第に高くなってきた。

「なにを言ってるの。体をもっと大事にしなくちゃいけないわよ」

突然、母の興奮した声がはっきりきこえた。久光は、女の来たことを耳ざとく察して断わった母をなじっているのだ。久光の甲高い声がした。母が、しきりにくどくど言っているが、そのうちに急に声がしなくなった。二階からの物音は、一切絶えた。

母が降りてきたのは、かなりたってからであった。

四

女は、それきり来なくなった。

母の激しい勢いに恐れをなしたにちがいなかった。しかし、英一の耳には、切々と玄関で母に哀願していた女の思いつめた声音が、いつまでも残った。威丈高になった母に、ただ女はひたすら取りすがっていただけであった。

久光は女に死を誘ったのではあるまいか、あの日、女はその覚悟で訪ねてきたのではあるまいか、と英一は、思った。それは唐突に胸に湧いたものであったが、女の泣き声が耳によみがえる度に、その推測は胸の中に確かな形となって定着していった。

久光は、その後しばしば血を吐くようになった。肋骨(ろっこつ)の浮いた胸には、いつも氷嚢が載せられていた。母は、深夜もきまった時刻に氷をかいて二階へ上って行った。

ある日、久光がまた血を吐いて、英一はかかりつけの町医を呼びに行った。

医師の後から、英一も二階へ上った。

久しぶりにみる久光の部屋は、病室らしく綺麗に整頓されていた。花が花瓶に活(い)けられ、窓のカーテンもいつの間にか新しいものに替えられていた。

母は、いそいそと枕もとを取片づけている。

「体を動かしたんじゃないかな」

医師は、久光のか細い上膊に注射針を刺しながら言った。

久光は、顔をかすかに横に振った。血の気のない頰に、微笑が浮んでいる。潤みをおびた久光の眼に、二十日鼠の艶っぽい眼が連想された。無心な悪戯っぽそうな濡れた眼だった。

英一は、喀血をした久光が思いがけなく明るい表情をしていることに不審感をいだいた。この明るさは、一体どこからくるのだろう。英一は、そっと小綺麗な部屋の中を見まわした。

　海老原が十日ほど姿を現わさなかったが、ある朝、鼻の頭に汗を浮べながらやって来た。

蟹に中毒って、ずっと寝っきりだったと面目なさそうに話していたが、

「奥さん、少しおやつれになりましたね」

　と、心配そうな顔をした。

「夏痩せよ」

　母は、明るく笑っていた。

「久光さん、その後、如何です、病気の方は」

「それが思わしくなくってね。看護するだけでも大変なのよ」

　母は、面映ゆそうに眼を伏せた。

　翌日、海老原は、小さな瓶に蝮の生血を持ってきた。久光はそれを飲まなかったらしいが、母は、海老原にくどいように礼を言っていた。

　母が夕食の買物に出かけて留守の時、鈴の音がしたので、英一が上って行ったことがあった。

「なに？」と、英一が顔を出すと、久光は眉をしかめて、

「ママだよ。ママに用なんだよ」

　と、言った。そして、病人とは思えぬほどの荒々しさで寝返りを打つと、それきり口も

きかなかった。

英一は、自分の母をママと呼んだことはなかった。久光の語調には、ある種の尊大な響きがこもっている。母は、久光にそんな風に呼ばれているのかも知れない。鞠躬如(きっきゅうじょ)として一心に久光につくしている母に、英一は焦燥にも似た不快感をおぼえた。

英一は、思い切って母に言った。

「母さん、余り身を入れすぎて感染(うつ)りでもしたらどうするんだい」

母が、険しい表情をした。

「馬鹿ね。私の兄さんも胸で死んだんだよ。感染るなんて滅多にありはしないよ」

英一は、意外な母の激しい言葉の調子にむっとした。ことに母の馬鹿ねという語句が、強く英一の胸を刺した。

英一は、顔色を変えた。

それに気づいて、母はうろたえて顔を染めると、弱々しい声で、

「久光さんは天涯孤独だから、私の家で見てやらなくちゃ、ね」

と言って、顔を伏せた。

暑い日が、幾日もつづいた。庭の樹々は、日増しに緑の色を濃くしていった。

ある夜、英一は、目をさました。半鐘が近々と鳴っていた。眼をあげると、天窓がほん

のり赤い。

英一は、起きると雨戸を一枚あけた。庭樹の影の間を通して、はるかにひろがった畠の彼方の農家から、さかんに炎が上っているのが見えた。

木の裂ける乾燥した音にまじって、人の声もきこえている。サイレンの音もしてきた。

「母さん」

英一は、隣室の母の部屋をのぞいた。母の姿はなかった。

英一は、雨戸をもう一枚繰った。半鐘が、遠近(おちこち)で競うように重なり合って鳴っている。炎の下を、黒い人の影があわただしく右往左往しているのも見えた。

英一は、華やかな火の手を眺めていた。

かれの耳に、階段の最下段を踏む音がかすかにきこえた。そこの板は間隙ができているらしく、踏むと必ずキーッという板のきしむ音がする。

母が、部屋に入ってきた。

「あらッ、火事？」

母の声は、不自然だった。

「手洗いに入っていたものだから」

と、母は言って、英一の横に立った。

藁屋からは勢いよく夜空に火の粉が舞い上って、消防車から放たれた水の筋が蜘蛛(くも)の糸のように幾筋も投げかけられている。

英一は、唇をかみしめた。母は、便所に行っていたと嘘を口にした。その嘘が、かえって逆に母の行為をはっきりと露出させてしまった。母は、二階の久光の部屋に行っていたのだ。

藁屋の周囲が、スポットライトをあてられたように急に明るくなった。おびただしい火の粉が夜空に一挙に舞いあがり、藁屋が崩れ落ちた。

英一は、その華麗な光景を目にしながら、かたわらに立つ母の体から匂い出る香料に顔をしかめていた。

夜が明けてから、英一は庭の枝折戸をあけて裏の畠に出た。昨夜は近々と見えたのに、燃えてしまった農家ははるか彼方に黒い残骸をさらして、その附近に動いている人の影もひどく小さく見えた。

寝室に母の姿が見えなかった時、英一は、母が用を足しに行ったのだと思った。しかし、母は、まちがいなく二階から下りてきた。母がそのままなにも言わなかったら、かれは母が久光の看護に二階へ行ったのだろうと解したはずだった。それを母は、用を足しに……と英一に言った。嘘をつく必要がどこにあろう。

英一は、畠を少し歩いてから庭にもどった。雨戸が繰られていて、縁先に小さな蝸牛(かたつむり)が這っている。

英一は、縁に腰を下ろした。母が、勝手元で庖丁を使っている音がする。

縁の隅に、二十日鼠の籠が紫色の小さな布におおわれて置かれてある。

英一は、何気なく布を取りのぞいて見た。ぎくりとした。二十日鼠は、親も仔もすべて乾燥して死んでいた。仔鼠は、蚕の蛹（さなぎ）のように地肌を出してかたくなっている。

英一は、以前、母の飼っていた十姉妹のことを想い起した。母は、親しくなった速記者との情事に気を奪われ、餌をやるのを忘れていたのである。十姉妹は、雌雄とも籠の下に落ちてかたくなっていた。

その十姉妹より二十日鼠に対する方が、母の愛し方は激しかった。餌をやるのを忘れていたということは、母にとって尋常ではない。

英一は、すべてを納得できた。

母が、久光の薄い胸に小娘のような姿態で顔を埋めるのだろうか。久光は、母の体を抱いて男の情欲を満たしているのだろうか。

英一は、籠の中の白い物体を見つめながら、久光の骨の浮いた華奢な裸体を思い浮べていた。母が、一個の女として感じられた。久光は、母に死を誘おうとしているのかも知れない。母の久光に対する看護には、突きつめた殉難者的な熱意すら感じられる。母は、久光にうながされれば死の誘いの中に容易に身を投じてゆくにちがいない。

英一は、心が焼けただれるような焦慮を感じた。久光に死を誘われた折のあの久光の眼の光と、自分の体に充溢していった陶酔感を思い起した。

英一は、二十日鼠の死骸の入った籠に布をかぶせた。

その夜、英一は、ふとんの中で眼を光らせながら息をひそめていた。

階段の下から六、七段目に、おひねりにした京花紙が一列に七個並んでいる。その中には、二十日鼠の死骸が一個一個納めてある。

母は、英一にさとられることを極度に怖れている。二十日鼠の死骸を見て反省し、英一にさとられたことを知って戦慄するであろう。

文机の上に、夜光の置時計が燐光を放って、星座のような文字盤をくりひろげている。その中を、尖鋭な秒針が青白い光を放って動いてゆく。

英一は、その光を眼で追いながら耳をすましていた。

かすかに隣室の襖の引かれる気配がした。英一の胸の動悸が、音高く鳴り出した。

花びらの地に落ちるような足音が、廊下をひっそりと渡って行く。

英一は、闇の中で、眼を光らせた。

英一の耳に、キーッという板のきしむ音が鋭くきこえた。母が、階段の第一段をふんだのだ。母の白装束が、一瞬鮮やかに闇の中に浮び上った錯覚にとらわれた。

二段、三段、それは、ひそやかな足音であった。

不意に、足音がしなくなった。深い静寂が、家の中にひろがった。

英一は、敷布をかたくにぎりしめた。京花紙を見下ろしている母の姿が想像された。おそらく母は、その中の二十日鼠の死骸を眼にして立ちすくんでいるのだろう。神経は冷え切っていたが、動悸がさらに激しくなってきた。静寂が、次第に重苦しくなった。英一の体に汗が湧いた。

頭に、血が逆流してきた。かれは、自分の耳を疑った。今までとは全く異なった自信のある母の足音が、一歩一歩、落着いた足取りで二階へ上ってゆく。

英一は、半身を起した。

夜光時計の針が、鋭く一時をさしていた。

さよと僕たち

一

僕の胸の肋骨は、五本欠けている。

執刀した外科医は、蟹の螯のように自然に生えてくるものだと言ってくれてはいたが、いつまでたっても骨の抵抗感は感じられなかった。手鏡ではだけた胸を見ると、骨のない部分の皮膚がハンモック状にたるんで、心臓の鼓動をそのまま鮮やかにつたえて動いている。

毎朝、僕は、体を家事見習いの少女にぬぐってもらう習慣にしていたが、ふにゃりと骨の感覚のない左の胸は拭かせなかった。というのは、そのくぼんだ皮膚の下に肋骨をへだてず直接肺臓が密着している……ということに、僕は感覚的な恐怖をいだいていたのである。そのため、僕の左胸部は、ゆがんだ乳首を中心に腋の下にかけて、赤茶けてかたくなった垢が色濃くひろがっていた。

「全く大きな鋏だったな」

弟は、時折りなにかにつけて思い起すらしく言った。

「自分と血のつながっているものがやられているっていうのは、いやなもんだね。寄ってたかって兄さんがリンチでも受けている気がしたよ」

弟は、手術室の壁にはめこまれたガラス張りの見学室から、僕の手術を見ていたという。

僕の手術は、五時間半かかった。予定より長くかかったため、僕は顔にかぶせられた妙に明るい白布の中で、手術の後半ほとんど意識があった。冷たいメスの感触も一筋一筋はっきりと感じとっていた。

その間、目隠しをされて白昼雑沓の中を歩かせられてでもいるように、僕の体の周囲には、ほとんど十人近くの人間がドイツ語と日本語をまじえて会話しながら、一定の作業をしていた。それは、ひどく賑やかな雰囲気であった。

「大丈夫ね」

時々、白い帽子をかぶった中年の顔見知りの医師が、白い布の中の僕の顔をうかがった。

「ハイ」

僕は、殊勝な返事をした。

意識が明瞭になってから、どれほどたった頃だったろうか。僕は、突然、不思議なほど健康的な乾燥しきった、物の折れる音を聞いた。同時に、僕は、自分の脊髄から正確に左の胸一面に数知れぬおびただしい鋭い針が、一斉に射込まれたような激しい痛みをおぼえた。

「動いちゃだめだ！　動いちゃだめだ！」

僕の体は、あわてたらしい何人かの力で強く抑えつけられた。

「痛クアリマセン、痛クアリマセン」

僕の従順な叫びに、緊張のとけた白布の外で失笑が起った。

やがて、

「少し痛いよ」

という白布の外の言葉が終らぬうちに、僕の体は、またベッドの上ではずんだ。

「痛クナイッ、痛クナイッ」

今度は、失笑は起らなかった。

僕は、二本、三本、と切断される骨の音を体でたしかめ数えた。その度に重なり強まってゆく激痛の中で、僕は、自分自身が屠殺される牛か豚に思えて、なんの抵抗もできず骨を切られている自分の不甲斐なさに滑稽感をおぼえ、情ない笑いが時々こみ上げてくるのをおさえることができなかった。

最後の五本目が切断されてから手術が完全に終るまでは、わずか十分間ぐらいの短い時間ではなかったのだろうか。皮膚を引っ張られて背中の切開面が縫合されると、白布が取りのぞかれた。

「さあ、終った、終った。よく我慢した、えらかった、えらかった」

僕は、賞められた。

医師や助手が、明るく笑っていた。床のタイルの上に水を流している看護婦たちも、こちらを見て笑っていた。

僕は、起され、担送車に載せられた。

「アリガトウゴザイマシタ」

僕は、誰にともなく周囲に言った。が、神経が麻痺しているためか、その言葉は不明瞭に流れて、手術中に叫んだ言葉もこんな調子だったのか、と、その時になって初めて気がついた。

僕は、自ら望んだものであったとはいえ、人間の知性の生んだこの手術によって結果的には永久にある種の不具者となった。それは、傷痕が癒え、体の組織がかたまるにつれて決定的なものになり、それにともなって体の内部もかなりの度合で変調をきたしていることを認めないわけにはゆかなかった。

たとえば、僕は、ゆがんだ胸の中から奇妙な音がするのをしばしば耳にした。

ちょうどそれは、障子の小さな破れ目が凩（こがらし）に鳴るのに似た、時には肺臓の中でなにかが醱酵する音にもきこえた。

肋骨がはずされて、胸部の構造が変ってしまったのか。

「なんだい、あの音」

弟が、いぶかしんで僕の顔をみつめるほど音はかなり大きく、外部にももれた。

また、僕は、時折り混乱した奇妙な感覚にとらえられて途惑うことがあった。肋骨を切断された際に、同時に神経も切れてしまったらしく、体の左半分の感覚が乱れていた。

僕は、自分の左腕の存在を見失ってしまうことがよくあった。右腕は肩についているという感覚があったが、左腕にはそれがなかった。

神経を集中して、その存在を確かめることにつとめるが、左腕の存在は漠としていて、僕の感覚に触れてこない。

軽い不安でおそるおそる右手をのばし、体の左側をさぐってみる。右の掌には、たしかに左腕をつかんでいる感覚があるのに、左腕には触れられた感じが全くない。右の掌の感覚が正しいのか左腕のそれが正しいのか、僕は途惑ってしまう。

ある夜半、僕は弟を呼び起した。

隣室に寝ていた弟は、すぐにはね起きてきた。

「どうしたの」

「かゆいっ、かゆいっ」

僕は、胸をはだけて余りにもはげしい痒(かゆ)みに身を震わせていた。

弟は、僕の体を手探りし出した。

僕は、腕を一切動かさない。肩胛骨（けんこうこつ）が動いて肺臓の患部に刺戟をあたえる……と信じ、恐れていたからだった。

弟は、僕の指示どおりに真剣に指を動かしてゆくが、不思議なことにその激しい痒みの根には触れてゆかない。

僕の顔からは、いつか冷汗がにじみ出てきた。

一点の痒みが焦燥感にあおられて、全身虱（しらみ）の群れの中に投げ出され刺されているような苦痛におそわれる。

「馬鹿ッ、もっと右だ！」

僕の声は、次第に激してゆく。

ふと、ある考えが閃いて、安堵めいたものが湧いた。

「肺だ、肺が痒いんだ」

僕は、自身納得しながら、右指をそっと伸ばして、垢のこびりついた柔かい左胸の皮膚をかすかに二搔き三搔き搔いてみた。すると、潮の干くように痒みが一時に消えて、僕は、照れ臭い笑いを弟にむけた。

二

僕の病臥していた家は、小さな勝手元のついた十坪ばかりの家であった。

そこに僕は、弟と白河生れの家事見習いの少女とで住んでいた。

僕が手術をして退院したのは、葉桜の頃であった。ふとん、鍋釜（なべかま）等をタクシーに積み込んで、兄の車に乗って病院の門を出た。アスファルトの道の上には、春の陽光が明るくあふれていた。車は、坂を下りると街の中を走った。シートに身をうずめながら、僕は、窓から過ぎ去りゆく街々を眺めていたが、急に言い知れぬ不安が胸の中に湧いてきた。

――子供を背負い買物籠をさげた下駄ばきの二人の女が、話し合いながら歩いてゆく。広目の皮バンドを腹にしめた若い男が、オートバイを疾駆させてゆく。歩道には、若い女が白いスカートをナプキンのようにひるがえして活潑に歩いている。

それらは、すべていきいきと動いていた。多量のエネルギーを惜しみなく費消して、男も女も荒々しく動いている。

僕は、そうした健康な空気の中に入り込んでゆく自分に、肉体的にも精神的にも自信が持てなかった。僕は、不安を感じ、おずおずと街のたたずまいを眺めていた。

しかし、やがてタクシーが小路を入って、竹垣にかこまれた庭木の中の僕と弟の家を眼にした瞬間、僕は、ようやく自分自身をひそませることのできる憩いの場を発見できた気がして、少し気持が安らいだ。その一郭には、街のせわしい空気からへだたった静けさがあった。

僕は、杭の門に手をすべらせて、庭の中の路を弟に支えられながら少しずつ歩を運んだ。桐の葉の淡緑色の明るさが、家の窓に映っていた。

家の玄関に、白いものが動いた。見ると、妙にかさばったエプロンを掛けた色の浅黒い少女が、玄関の戸口に下り立って、僕をじっと見つめているのが眼に映った。

僕は、足をとめかけた。

弟が今朝、炊事をやってくれる少女を雇ったから……と言った言葉を思い起した。妙に胸がどきどきして、自分の顔の染まるのが意識された。

僕が気おくれしながらゆっくり近づいてゆくと、少女は、敏捷（びんしょう）に土間のはき物を片づけた。そして、部屋に小走りに上ると、六畳の間に敷いたふとんの敷布を手で直したりして僕の顔を見上げていた。

寝具も部屋の中も小ざっぱりと整頓され、コップにはマーガレットが数輪挿してあった。

僕は、背広をぬぎワイシャツをぬいで寝巻に着替えると、弟に支えられながらふとんの上に横になった。

敷きぶとんがひんやりしていて、熱した体に快かった。

少女は、さよという名であった。

父は亡く母親にも死なれて、生れ故郷を離れたという。

次の日から、僕は、寝たまま、さよに体を拭いてもらったり下のものを取ってもらったりするようになった。

僕は、恥しさで身のすくむ思いだった。

「左の胸は、拭かなくてもいいから……」

さよは、弟の指示どおりに、僕の垢のこびりついた左の胸をいぶかる風もなく、真剣な表情で体を拭いていた。

さよは、「ハイ、ハイ」と、初めての勤めらしい痛々しいほどの殊勝さで、機敏にまめまめしく立働いていた。

朝早く起き、庭を掃除し、僕が目ざめると畳に濡れた新聞紙をちぎってまき、箒（ほうき）を使う。敷布や寝巻も小まめに洗濯されるので、僕は、毎日、快く仰臥していることができた。

弟は、学校へ行ったりアルバイト先に出かけたりして、家には僕とさよとの二人きりになる時が多かった。

僕は、ラジオもきかず新聞も読んだりしなかったので、無聊（ぶりょう）のままいつかさよの母の形見であるという朱塗りの手鏡を借りてもてあそぶようになっていた。

手鏡の使い方には、二通りの用途があった。

その一は、手鏡に日をうけて、その楕円形の明るさを部屋の暗みにあてることであった。ちょうど懐中電灯をその個所にあてるように、僕は、手鏡の角度をさまざまに変えて諸々方々を照らしてみた。

天井の一隅に、新たに蜘蛛の巣が張られるのを飽きずに見ていたりしたこともあった。ある日、その網に大きな家蠅がかかると、たちまち近づいた逞しい蜘蛛が、羽を顫わせている蠅の体をちょうど水車のように鮮やかに廻しはじめた。そして、尾部から放たれる銀色の糸をそれに巧妙にからませると、またたく間に白い繭状にしてしまうのを眼にすることもできた。

僕は、また、その手鏡を高くかかげてみる。すると、窓越しに庭の植物の色彩が、鏡面に青藻さながらのみずみずしさで緻密に映った。

雨の上った後など、上部だけが雨に濡れて黒くなった杭の門や、それにつづいた垣根の竹の表面にやどった雨露の冷ややかな感触を、僕は、鏡の中の映像から感得することができた。

その竹垣に沿って植えられた南天に鮮やかな実がなっていて、よく女の子が僕の鏡に見られていることにも気づかずに、時々家の方に気を配りながら実をひそかにつまみとっていた。

ある日、その中の最年長らしいませた眼をした女の子が、隣室の庭に面した窓からすっくと首を出した。

その方向に顔を向けていた僕の眼は、自然に女の子の眼とぴったり合った。

女の子は、しばらく呆気にとられて僕の顔を見つめていたが、急に顔をかくすと、あわてて小門の方に駈けてゆく気配がした。

僕は、少女の顔に恐怖と好奇の入りまじった表情が浮び上っていたのを見のがさなかった。そして、少女が親から、僕の家に近づくことをかたく禁じられているのだということをなぜともなく感じた。

……幼い日のこと、僕は、結核でその家族が相ついで死んでゆく文房具店で文房具を買うことを母に厳禁され、自分でも怖しくて、その店の前を急いで駈け抜けたりしたことを思い出した。

「僕の病気のこと、知って来たの」

僕は、さよがかたわらでふとんの衿をつけかえている時に、思い切ってきいてみた。

「はい」

さよは、顔をあげて無心にうなずいた。

「田舎じゃ、胸だっていうといやがるんだろ」

「はい」

「感染(うつ)るかも知れないよ」

「大丈夫です」

さよの語調は、きっぱりしていた。

「隆司さんが感染(うつ)らないんですから」

僕は、急に平手で頬を打たれた気がした。僕は、弟と感染ということを結びつけて考えたことは一度もなかった。

余りにも弟が身近にいるために、僕は弟と感染の関連を失念していたのだ。が、それにしても弟は、僕の病気のことをどのように考えているのだろうか。

弟が僕の病気を恐れている態度をしめしたことは、全くと言っていいほどなかった。それは、意識してのことだろうか、無意識のことか。

その夜、僕は、弟にきいてみた。

「おれの病気、こわいだろ」

突然のことなので、弟は、顔を染めた。

「なに言ってるんだい」

そう言って、なにか口にしかけたが、適当な言葉を思いつかないらしかった。

僕は、弟の狼狽に、かえって嗜虐的な気持になって、

「浅倉、感染(うつ)るのがこわいらしくて、窓の所でいつも話をしてゆくんだぜ」

と、言った。

弟は、顔を赤くし、急に怒りが胸に噴き上ってきたようだった。

その友人は、窓の所に身をもたせて話をするだけで、決して家の中に入ろうとしなかった。そのため僕は、かれが帰るまで窓の方に首を無理にねじ曲げていなければならなかった。その上、僕は、かれに自分の体がもうすっかり恢復し感染の怖れもないのだということを信じ込ませようとして、そんな不自然な姿勢で長い間疲労をかくしながら談笑するのが常であった。

弟は、黙りこんでいた。さよのいる奥の三畳の部屋からも物音はしなかった。

やがて、弟は、

「いやなやつだな」

と、ぽつりと低い声で言った。

それから、二、三日後、浅倉が、窓の所に顔を出した。

「やあ」

僕は、元気そうに首を曲げた。

かれは、窓の所に肘(ひじ)をもたせて、観てきた新着のフランス映画の話を長々としはじめた。耳新しい監督の名や俳優の名を、いちいち相槌を打ちながら僕はきいていた。

勝手元でしきりにしていた水の音がやんで、さよがエプロンで手を拭きながら出てきた。

そして、窓の所へ行くと、

「帰って下さい」

と、言った。

友人は、突然のことで呆気にとられ、さよの顔を見上げた。

「もう来ないで下さい」

さよの顔は僕には見えなかったが、その後ろ姿にも澄んだ細い声音にも、犯し難い威厳があった。

「どうして」

友人は、さよの態度に気押されて少しおどついた声で言った。

「感染（うつ）るのがこわいんでしょ、だから帰って下さい」

友人は、気の毒なほど顔を赤く染め、さよの顔を敵意にみちた表情でみつめていた。その眼にはあきらかに虚をつかれた色がうかんでいた。

友人は、さよから眼をそらすと、「じゃ」と言って窓から消えた。

さよは、表情の変らない平静な顔をこちらに向けると、僕の顔も見ずに勝手元の方へ入って行き、またせわしなく水の音をさせはじめた。

僕は、なぜか一言も発することもせずその情景を眺めていたが、妙に気抜けした萎縮感をおぼえていた。

さよは、僕の浅倉に対する不甲斐なさを同時に責めているのかも知れなかった。それも当然のことなのだろうが、僕は僕なりにひそかにこの友人に或る優越感に似たものをいだいていた。それは、かれの叔母の死に関係があった。

その叔母は母を幼くして亡くしたかれの、いわば母代りの立場にあった。かれの会話には、始終この叔母の名が思慕の情をふくめて挿入された。

叔母は、四十歳に近い年齢で十歳も下の高校の教員の所へ嫁いでいったが、間もなく結核におかされたことをかれからきいた。初めての子も身ごもっていたという。

「叔母が、昨夜死んだんだ」

かれは、顔をゆがめていた。

僕に自分の愛慕していた叔母の死を告げて、自分の悲しみに同調してもらい、少しでも悲嘆を分ち合ってもらおうとする作為が感じられた。

「叔母さんが、どうして」

僕は、息を呑んで反問した。

「黄疸になって……」

黄疸のため特定な食物しかとれず、病勢が急に悪化したのだという。

僕は、かれの訴えにいちいち相槌を打っていた。

そのうちに僕は、悲しみをふくんだ自分の言葉の調子がいかにもわざとらしいのに気がついた。それどころか口もとが、わずかではあるがほころびかけ、自分でもそれを抑えていることを意識した。

僕の胸には、なにやら得体の知れぬ感情が湧いてきていた。

それは、たとえば人間の感情を喜、怒、哀、楽と分けてみた場合、胸に湧いてきた感情は、喜という感情であった。

僕はその叔母の死をかれからきいた瞬間、その一人の女性との関連を強く感じた。かれを仲介とせずに、その叔母という人間と僕は直接二人きりで向き合っているようにも思えた。結核という同じ病いを持った人間として対していた。

僕は、その叔母に同病者としてのライヴァルを感じた。彼女は、恐怖感のため僕の受けた手術と同じ手術を最後まで拒みつづけたというが、——僕は手術を受けたことによって現に生きている。僕は骨が欠けているけれども、ともかく生きている。が、彼女は手術を受ける勇気がなく死体に化してしまった。

僕は、彼女の死体を優越感にひたりながら踏んまえた残忍な自分を、この上なく快く感じた。それは、あきらかに勝ったという感情であった。

梅雨の季節がやってきた。

戸外へ出られない僕は、鏡に映る濡れた緑のつややかさに慰められるものを感じていた。

弟は、降りつづく雨のためアルバイトにも出かけず、家で机の前に坐ってノートの整理などをしていた。

時に雨があがって、晴間が空の一角からのぞくこともあった。それを待っていたさよは洗濯をはじめ、日の射した庭に細綱を張って洗い物を一つ一つ干してゆく。袖をまくったさよの腕が、ひどく新鮮で健康そうに見えた。やがて、細綱にすき間なく干物が吊された。その白さは、庭木の濡れ光った緑の中で痛いほどまばゆく眼に映った。

「あの娘、給料いくらやるの?」

僕は、さよの姿がひどくいきいきとしてみえるので、庭を見ている弟に不安になってきいてみた。

「二千円だよ」

弟は、不審そうに僕の方を見た。

「大丈夫かい」

僕は、うっすら笑った。

「何が」

「給料がさ」

「大丈夫だよ」

弟もうっすら笑った。が、その眼にはなにか自信のない弱々しい光が浮んでいた。

さよは、兄が職業安定所の求人係に申込んで、その紹介でやって来た。僕も弟も両親からの遺産を社会人になるまで一応、兄に委託するということになっていたので、僕の療養費も弟の学費も兄のもとから出されていた。従ってさよを連れて来てくれたということは、僕たちの生活費のほかにさよの給料と食費をも負担してくれるという意味に解釈された。

しかし、僕も弟も、そういったことには甚だ懐疑的になっていた。手術で入院中も、僕の医療費はとどこおりがちだった。

弟は、兄の経営する会社へ行くが、望んだ金をもらえることは稀であった。

こうした経済的な不安定さは、いちいち僕の神経に鋭敏に触れてくる。

弟が勝手元でさよとひそやかに話をしている気配を感じると、僕はすぐに弟が食事の心配をしているのだなと感じる。事実、僕の食事は日々侘しさを増していて、弟とさよとの食膳は一層貧しくなっている。弟は、さよと台所つづきの小部屋で、黙って向い合って食事をするのだ。

梅雨晴れの、ある午後のことであった。

弟が、どこからか鍬を借りてきて、少し空間のある庭土を耕しはじめた。僕の手鏡の中には、角帽をあみだにした弟のシャツの色が爽やかに律動していた。

さよが、素足で鏡面に現われ、弟から鍬を取ると早い速度で耕しはじめた。鍬が軽々と一定の弧を描いて閃き、黒い土に適度の深さで食い込んでゆく。

弟は、手を腰にあててさよの手の動きを見つめている。弟がなにか言っているらしく、鍬を動かしているさよの唇から白い歯並がこぼれている。

弟は、汗を拭きながら窓の所へやって来た。

「さよの奴、大した腕前だよ」

僕は、弟の顔を振り仰いで笑った。

「何を植えるんだい」

「トマトと茄子と胡瓜。土もなかなかいいそうだよ」

弟は、庭を眺めた。

さよは、セーターを袖まくりし、疲れもおぼえないらしく一人でせっせと土をいじっている。髪が少し額に乱れて、それが妙にさよを成熟した女らしく見せていた。
二、三日すると、苗はすっかり根を下ろしたらしく、しゃんとして色艶もいきいきとしてきた。
「うまく生るかしら」

「大丈夫です」

さよはきっぱりと言って、窓越しに苗の色を見つめていた。

三

六月に入ると、梅雨の晴間の日をあびて庭の緑もひときわ濃くなった。

ある朝である。

僕は、箸を捨てるといきなり食盆をくつがえした。キャベツが敷布から畳の上に散った。

「どうしたの」

同じようにキャベツにソースをかけて食事をしていた弟が、驚いて枕もとににじり寄ってきた。

急に涙が突き上げてきた。

「生きたいんだ、もっと栄養物をとらしてくれ、これじゃ死んじゃうよ」

僕は、喚いた。

弟は、顔色を変えて立ちすくんだ。その眼には、僕の非難めいた尖鋭な光とは対照的な、弱々しいおどついた光があるばかりであった。

さよも、食膳の前に坐ったまま身動きもしないでいる。

「ちょっと待ってて」

弟は、かすれた声で言うと、角帽を手にして雨の戸外へ傘もささずに出て行った。

僕の頭の中では、ソーダ水のシュワーッと蒸発する気泡のような音が充満していた。

一ヵ月ほど前、僕は花瓶の水が干上ったため枯れてしまったチューリップを見て、ある一つの思考を得、底知れぬ戦慄におそわれたことがあった。

それは、チューリップの生命を支えているものが花瓶の水であるという事実だった。根から吸収された水によって、チューリップは生を保持しつづけてきている。水がなくなれば、チューリップは枯死する。

僕の体でも、絶え間ない生の営みがつづけられ、呼吸、鼓動、体温、そして、毛も爪も休みなく伸びている。これらの大量な消耗を可能としている熱源は、一体どこから生み出されるのか。それは、ただ口から摂取される食物のみなのだ。

僕の体は、手術によって一応、病巣がつぶされたとはいっても、まだ肺に結核菌は生きている。

「病気と四つ相撲だ。栄養をとって力をつけて、しっかり療養しないと骨を折った価値がないぞ」

退院間ぎわに中年の外科医に言われた言葉が、胸に繰返しよみがえった。

僕は、枯れたチューリップを思い出して半身をふとんの上に起した。

黙って散った飯粒やキャベツを拾っていたさよが、手をとめて呆然と僕の動作を見つめた。

僕は、力なく震える手で四つんばいになると、思い切って立ち上った。

さよが、小さい声をあげた。天井が、急に低くなった。僕は、ゆっくりと白い寝巻の衿を合わせながら窓ぎわに近づくと、そこに腰を下ろし窓の外に足をたらした。

雨が明るく降っている。

庇（ひさし）から雨水が点滴して、庭土に水溜りができている。そのくぼみに、苔が緑の色をひときわ鮮やかに沈ませている。初めは水が庭樹の緑を映しているのかと思ったが、それは苔であった。

思いがけなく呼吸も苦しくなく、かえって雨滴が素足に触れて、ひやひやと快かった。

「風邪引きます」

さよが、おびえた声で言った。

……ふと幼い頃、金魚を浅い雨水のたまったくぼみに出して泳がしたことを思い出した。金魚は、体を斜めにして濡れた草の上で跳ねた。その時つかんだ掌の金魚の匂いが、鮮やかに思い起された。

僕は、眼をしょぼつかせて庭の樹木を見た。いつか、感情がしずまっていた。幽谷でひとり雨を見ているような気持だった。

どのくらいそうしていたであろうか、緑一色の視野の中に角帽の黒さがひらりと入ってきた。見ると、垣根の外を弟が雨に打たれて門の方へ歩いている。二、三メートル後には兄と嫂（あによめ）がつづいている。

僕は、眼を伏せた。

三人が庭を通って家に入ってきた。僕は、身をかたくした。心がすでに冷えて、自分の興奮が兄や嫂の手前ひどく恥しかった。

「英一、風邪を引くから」

兄の手が、肩にかかった。

僕は、黙りこくって水の底の苔を見つめていた。

「さあ」

兄の声が、常になく優しかった。

僕は、頑なに身動きしなかった。

「また悪くなると困るから」

兄が、僕の肩を抱いた。僕は兄の手の力で仕方なく動かされたとでもいうように身を動かした。嫂が、僕の体を支えた。抱えられてふとんに横になった。

僕をとりまく兄や嫂や弟の緊張した気配が妙に照れ臭く滑稽に思えて、僕は、さよの掛けてくれた夏掛を頭からかぶると、そっと闇の中で忍び笑いをしていた。

その夜、僕は弟の揚げてくれた厚いトンカツを食べた。

「うまい?」

弟ののぞきこんだ明るい笑顔を見て、僕は初めてくッくッとむせび泣いた。

それから一週間ほど僕は、久しぶりに栄養価の高いものばかり食べた。僕は、箸を扱いながら、自分が盆をくつがえしたことが仕組んだ一つの演技に思えて恥しかった。僕は黙って食事をしていた。

しかし、そうした食膳の彩りも長くはつづかなかった。結局は無理があったらしく、次第にもとの貧しさにかえっていった。

弟は、僕の食事をしている表情をうかがいながら、また激しい興奮を爆発させはせぬかと始終不安そうな表情をしていた。

さよが、兄の家に初めて使いに行った。

「ずいぶん立派な家ですね」

さよは、少し疳にさわっているらしい口調で言った。

貰いに行った金銭もわずかしかあたえられなかったらしく、それ以外に不快なことがあったのかも知れなかった。

「兄弟なのに変ですね」

さよは、唇をかたくかんだ。

僕は、苦笑した。

俺には、妻も子もある——と、兄は僕に言ったことがあった。お前が所帯を持てばわかる——そうも言った。

僕は、それを無理のないことだと思った。少しも恨みがましくはなかった。弟も愚痴は言わない。それでいいのだ。が、さよにはそれが奇異に思えるらしい。僕と弟のことが、もどかしく思えるのであろうか。

不安定な生活ではあったが、その中にも彩りが全くないわけではなかった。

その一つは、さよがいつの間にか粧うようになったことであった。

さよは化粧が未熟で、浅黒い顔に白粉（おしろい）がまだらに塗られている。鼻の脇には白粉がたまり紅も唇からはみ出していたが、そんな稚さがかえって初々しい魅力を表情にあたえていた。

一昨夜のことであった。

アルバイトから帰ってきた弟が、勝手元をのぞきながら、「さよちゃんは？」と僕にきいた。

「お使いだろ」

弟は、仕方なく蠅帳をあけて、食膳を持って出て来た。

弟が食事をはじめて間もなく、勝手元のガラス戸が開く音がして、

「ただいま」と言うさよの小さな声がした。

それきりで、気配が絶えた。

「さよちゃん、お茶」

弟の声に、「はい」という返事がしたが、しばらくして伏目に入ってきたさよは、今まで後ろに長くたらしていた髪を短く切ってパーマネントをかけていた。目もとがきつそうに、面変りして見えた。

「ややッ」

弟が、わざと大仰な驚き方をした。

さよは、あわてて茶を置くと隣室へとび込んだ。

「とても似合うよ。シャンになったぜ」

弟はおどけて、わざわざ立って隣室をのぞいた。

「いやです、いやです」

さよは隣室から脱け出すと、首筋を染めて、今度は入口の方の部屋に入って壁ぎわに坐りこちらに背を向けた。

弟は、笑いながら僕の枕元に坐った。

さよの頭髪が鉱物のようにかたそうにみえ、むこう向きの衿元が、ばかに肌寒そうに露出して見えた。

「感じが、ずいぶん大人っぽくなるもんだね」

弟が、声を低めて僕に言った。

「パーマって、どのぐらいかかるんだい」

弟は、さよに声をかけた。さよは、下を向いて黙っている。

僕は、あることに思いあたってひやりとした。さよは、入った給料でパーマネントをかけてきたのだ。僕は、昨日弟からさよの一月遅れの給料として二千円の金を預った。僕は、その中から五百円の紙幣を別にして敷きぶとんの下にかくし、残りをさよにあたえたのだ。

さよは、五百円少いことにも別に不審そうな風もみせず、初めての給料を頰を上気させて神妙に受け取っていた。

その日の夕方、僕は、さよに薬屋へ行かせた。

「これでできるだけ買ってきてくれ」

僕は、やはり気にとがめたものを感じながら、五枚の紙幣をさよに手渡した。

「なんていう薬です」

「カルモチンていうんだ。睡眠薬だから……」

僕は、息苦しくなった。五百円という金額の適合からくるからくりには、さよは気づかないでいるらしい。

「カ、モ、チ、ンですね」

「カルモチン」

「カルモチンですか」

さよは、エプロンをはずすと家を出て行った。

僕は、よく手術の夢を見る。大動脈に過ってメスが食い込んで、血がとまらなくなってしまったり背骨を鋸(のこぎり)で引かれたり……といった類いの夢であった。

体一面に吹き出た冷汗を拭いもせず、僕はしみじみと思った。再び手術の経験は繰返したくない、それが僕の人間としての気力の限界でもあるのだ、と。

しかし、僕は、すぐその後できまって再発した場合のことを想った。手術をしたとはいえ、再発の確率はかなり高いのである。手術後の食餌療法の点でも、僕の生活は不完全極まりなかった。

僕は、そういう想念に悩まされはじめると、結局は自主的に死をえらぶよりほかにないと信じこんだ。手術台の上で、再び革バンドで締めつけられることは考えただけでも身が震えた。

僕がカルモチンを買い入れたのも、それが理由であった。

五枚の紙幣……それで僕は、自ら命を絶つ方法を手中にした。しかし、この紙幣は、さよの労働の報酬の貴重な一部である。僕は、それをかすめ取ったのだ。

しかし、僕には、奇妙なことにさよにすまないという気持はほとんどなかった。

さよには、立派に骨がある。思うままに屋内も戸外も歩ける。僕も生死の自由が欲しい。僕の人間として得られるすべての自由が、さよから得たわずか五枚の紙幣に託されているとすれば、僕の行為も当然、許されていいもののように思えてくるのだった。

僕は、薬袋二つにはち切れそうにふくらんだカルモチンを敷きぶとんの間にかくした。そのふくらみが、ふとんを通して右肩に触れてくる。その触覚は、僕に久方ぶりに精神的な安らぎをあたえてくれた。

四

蚊帳(かや)を吊るようになった。

亡母が物資の逼迫した頃、買溜めた物であったので、白麻の匂いが爽やかに感じとれるほど真新しかった。

僕は、庭から入ってくる藪蚊を避けるために、蚊帳を日中でも吊ってもらっていた。白い蚊帳を透して見る庭のたたずまいは、光も適度に調整されて落着いた美しさを感じさせた。

夜、弟が蚊帳の中に蛍を数匹放ってくれたりした。昼日中は光沢のない赤い尾部が、夜になるとみずみずしい燐光を放った。僕は、電気を消して、その青白い光にいつか自分の眠りが吸いこまれてゆくのを漠然と感じていた。

その年は雨が少く、暑い日がつづいた。

弟もさよも、すっかり日焼けしていた。弟は、暑中休暇なので毎日、塗装の仕事に雇われて行った。

ある夕方、弟が、日雇いらしい中年の日焼けした男に付添われて帰って来た。

弟の日焼けした顔は土気色をしていて、唇にも血の気がなかった。

さよの敷いたふとんに横になってからも、弟はつづけて水気のないものを二、三度叶いた。

さよが、氷を買いに走った。

……その日、弟は、数人の男たちと都心のビルディングの塗装作業をしていた。建物の壁面に平行に組み立てられた足場の踏板の上を、仲間の肩を片手で互いにつかみ合いながらもう一方の手で刷毛(はけ)を動かしてゆくのである。

強い夏の陽光が壁一面に輝いて、刷毛を動かす手の影も鮮明に壁に映っていた。体に汗が吹き出ていたが、拭うこともできず背や胸に流れていた。

弟が、移動してある窓の所まで来た時、窓の内部がぼんやり見えた。弟の足が、釘付けになった。

隣の男が、暑熱の中で不審に思いながら弟の顔をうかがった時、弟の手が男の肩からはなれた。

弟の体は、半ば仰向けになって空間に投げ出された。が、四階のその場から確実に地上にまで落ちていったのは、塗料のついた刷毛と角帽だけであった。

弟の体は、踏板から仰向けに落ちた姿勢のために、その板を中心に鮮やかに廻転して、三階に組み立てられたまま取り片づけられていなかった二枚の板の上に腹ばいの形で叩きつけられたのだ。

「全くこの学生さんは、運の強い人だよ」

付添ってきた男は、弟の額に氷嚢をあてながらしみじみと言った。

その夜、弟は、どんな幻影に脅かされるのか何度も蒼白な顔つきで跳ね起きた。さよは、眼をうるませながら、夜中に起きて氷を掻いたりしていた。

翌朝、弟はげっそり憔悴して見えた。少し食欲が出たらしく、さよの作った粥（かゆ）を弱々しくすすっていた。

弟は、塗装していたビルの窓に奇異な光景を見たのである。

初め弟は、自分の眼を信じられなかったという。強烈な日射しのために、自分の脳が麻痺してしまったのかとも思ったという。その白い壁の大きな部屋の中には、全裸の人間が幾つもベッドの上で仰向けになって横たわっていたのだ。

男にまじって豊満な乳房を持った若い女の裸体もあった。弟は、息をのみながら夢でも見ている気持でその窓ガラスを見ると、そこには××外科病院という金文字が印刷されていた。急に冷水でもかけられたような気持で、もう一度部屋の内部を見た時、弟はその裸の人間に共通したものを見出した。それは、どの裸体にも胸の上部から下腹部にかけて一筋かっきりと線がついていて、そこだけが深くくびれて影になっていることだった。

……解剖死体。弟は、急に激しい眩量をおぼえた。

「その時、兄さんの手術を思い出してね」

弟は、蒼白い顔で天井を見つめていた。

「メスの跡を縫いつけた所が、ちょうどチャックのようで……」

弟の声は譫言のように僕の耳をかすめた。

チャック――。僕は、不愉快になった。僕の背部にも、五十センチほどのチャックが醜く弧を描いている。

弟は、僕のチャックを以前から無気味に感じていたにちがいない。弟が眩量を感じたのもその連想から来たのだろう、と僕は思った。

「チャックとは、うまい表現だな」

弟は、僕の言葉がきこえなかったのか身動きもせず天井をみつめていた。

弟は、次の日も一日臥っていた。さよは、足を揉んだり団扇で風を送ったりしてかいがいしく看護をしていた。

弟の容態を心配していた僕は、弟がすっかり病人のようになってしまい、さよも弟をまめまめしく介抱しているのを見ているうちに、いつか不快なものが胸に湧いてくるのを感じはじめた。そして、それが、やがて自分でも持て余すほどの焦燥感に変ってゆくのを抑えることができなくなった。

つまり、僕は、さよが僕以外に看護する対象を持っているということに不満であった。この家で、僕だけが唯一の病人であるべきだった。

さよは、僕よりも先に弟の所へ食事を運ぶことが二、三度あった。僕は、それにひどく反撥を感じて匆々に食事を終えてしまうのが常であった。

弟は、一階下の踏板の上に落ちた時、太股を板の角でひどくすりむいたらしく、その部分が化膿していた。

さよがその部分のガーゼをはぐ時、そして消毒薬を塗る時、弟は呻き声を立てた。

僕は、そんな弟を腹の中で嘲笑った。

(痛いなんて、そんなもんじゃないよ!)

僕は、手術の折の激痛を反芻し、弟に激しい言葉を投げつけてやりたかった。

弟は、その夜もひどくうなされた。眼が冴えてしまった僕は、舌打ちしたいような気持だった。

「さよちゃん、これを服ませてやりなさい」

僕は、寝巻姿で弟の額の汗を拭いているさよに、苛立ってふとんの下から出したカルモチンの一袋を手渡した。

「これ、なに?」

弟が、こちらに顔を向けた。

「カルモチンだよ、よく眠れるぞ」

僕は、微笑した。

弟は、口をつぐみ、さよがコップに水を持ってきても薬は服まなかった。

さよが、不審そうに弟の顔を見た。

やがて、弟が口を開いた。

「兄さん、これ、いつも使っているの」

「いいや」

「じゃ、どうしてこんなものがあるの」

「いいんだよ。お前は病人なんだから黙って眠りゃいいんだよ。お前にはわからないことなんだ」

僕の口調は、自然に皮肉めいた響きをふくんだ。

「俺みたいに背中にチャックのある男の考えることは、お前なんかに理解できるはずはないさ。俺は俺の良いようにするんだから」

僕は、投げ捨てるように言うと、寝返りを打って弟に背を向けた。

弟は、黙っていた。

端的に言えば、僕はあきらかにこう弟に叫びたかったのである。寝床を払ってアルバイトに出かけろ！　そして俺の療養費を稼げ！　と。

僕は、急に胸が熱くなった。

いつか弟の寝息が、隣室から洩れてきた。さよがあたりを片づけ、手を伸ばして部屋の電灯を消した。

僕は、弟に激しいいとおしさを感じた。


次の朝、僕はいつもより遅く目をさました。

弟の寝床がすっかり取片づけられていて、畳の上で弟が一人食事をしていた。ズボンをはいていた。

僕の目ざめた気配に、弟は、髭を剃った青白い顔にはにかんだ笑いを浮べた。

「大丈夫なのか」

弟は、うん、うんとうなずいた。

さよが、洗面器に湯気を立たせて入ってくると、タオルを熱い湯にひたしてしぼり、僕の顔を拭き、体をぬぐってくれた。

弟が、ワイシャツの袖をまくりながら枕元に立った。

「兄さん、薬、みんな僕にくれよ」

僕は、弟の顔をみた。

弟は笑っていたが、眼にはキラキラするものが光っていた。

僕と弟は、少しの間お互いの眼を見つめ合っていた。が、そのうちに僕は、なにかひどく平和な安らいだものを感じて、自然に体をねじ曲げると、ふとんの間にはさまった薬袋を出して弟に手渡した。

「じゃ」

弟は薬袋をズボンのポケットにねじこむと、右手をちょっとあげて玄関から出て行った。

「畜生、とうとう取られちゃった」

僕は妙に甘酸っぱい気持で、笑いながらさよに言った。

その日の午後、弟が帰ってきた。

「どこへ行ったんだい」

「塗装の例の所さ」

「大丈夫か」

「うん、やっぱり疲れて半日で帰って来ちゃった。みんなも僕のことを危ながってね」

弟は、疲れ切ったらしく、傷ついた片足を畳に投出してワイシャツをはだけた。そして、繃帯をとくと体を曲げて太股の傷にそっと指をふれた。

庭の蟬が鳴き出した。妙にうつろな明るい夏の静寂が、あたりにひろがった。

「兄さん」

弟は、後ろに手を突いて仰向いたままぽつりと言った。

「今ね、変なもの見ちゃった」

「なに？」

弟は、ちょっと黙った。

「さよがね、八百屋で買物をしていてね。僕が近づいて行ったら、ネーブルを二つばかりすっと買物籠に入れてね」

僕はひやりとした。

「店の者には気づかれなかったけど……、さよの顔色がやはり変ってたな。僕はすぐに来ちゃったけど」

弟はじっと窓の外を見つめている。

僕も、黙然と指の先で敷布のはしをいじっていた。

窓に白いものが過ぎって、勝手元の鈴が鳴った。

「ただいま」

というさよの声がした。

弟は、起き直って庭の方を眺めた。

やがて、さよが入って来た。みると、白い皿の上に水気の光ったネーブルが二個つややかに並んでいる。

「良さそうなのが入っていたので……」

さよは、庖丁でネーブルを四つに割った。

「はい」

さよは、僕にまず皿を出した。緻密な果肉から汁が湧き光っていた。

僕は多少ためらいながら、しかし、思い切ってその一片を取った。甘い果物の味が、僕の舌一杯にひろがった。

奇妙にうまかった。なにか僕の血の中に、それは不思議にいきいきとした力をあたえてくれるような気がした。

「おい、うまいぞ」

僕は、黙りこくっている弟に言った。

「うん」

弟はそう言って、僕の食べている様子を変に明るい顔でおかしそうに見ていた。

鉄橋

一

長い鉄橋のたもとの線路の近くで、焚火が赤々と焚かれていた。

保線夫や警官が数人、顔を赤く染めながら火に手をかざしていた。漆黒の夜空には、冷え冷えと銀河が流れている。

近くの林から拾ってきた木はすっかり枯れているので、火はよく燃えた。男たちは、時々、林の中を手探りで枯木を拾ってきては、火の中に投げ込んだ。その度に、華麗な火の粉が金粉のように散って、周囲の枯草が明るく照らし出された。

枯草の上に、膨らんだ荒蓆（あらむしろ）が置かれていた。

すでに、検視はすんでいた。

トレイニングシャツに縫い込まれた刺繡で、死体の身許も大凡（おおよそ）は見当がついていた。二人の警官が線路の土手をおり坂道を自動車で下って行ったのは、もう三十分ほども前である。事故死をした男の家族をその警官が連れてもどってくるのを、男たちは火にあたりながら悠長に待っていればそれでよかったのだ。

しかし、火をかこんでいる人々には、一抹の不安がないでもなかった。

死者の顔はむろんのこと、体もほとんど原形をとどめぬまでにこわされていた。ただ、両足だけは列車の車輪で不思議にもきちんと切られていたために片方は足首、片方は腿から、そのままの形で残されていた。

「全くひどいこわされ方だね。俺ももう三十年も保線の仕事をやってきたけど、こんなにひどいのは今まで見たことがないよ」

小柄な痩せた最年長の男が、火にあたりながら言った。

事故は、日没時に起った。鉄橋の向い側の山の斜面に日が没しかけていたわずかな間の出来事だった。

列車の機関士は、ひときわ輝きを増した眩ゆい西日を正面からうけて、人の姿を事前に認めることができなかったという。ただ、わずかに列車が鉄橋にかかる瞬間に、人の姿が西日を背に飛び上った姿だけを眼にしたに過ぎなかった。

列車は、急ブレーキをかけた。が、その被害者の体は、陸続とつづいた多くの車輪で丹念に腿の付け根から頭部にかけてよじられつぶされていったのだ。

「しかし、ばらばらになった体を、よく手で持てるもんだな。俺たちには、とてもできない芸当だよ。怖くはないのかね」

　まだ血の気の十分にもどらない顔をした若い保線夫が言った。

「馬鹿言うない。これだけは何度やっても薄気味悪いさ。今夜は飯も食えないよ。だけど、これだけきれいにこわされていると、肉でもつかむようなもので、思ったよりはいやじゃないよ。ひくひくしてまだ息があるのよりはましさ。しかし、なにがいやと言って、子供を背負った女の飛び込みほどいやなものはないね。少しでも生きていてみろ、たまったものじゃないよ。虫の息でも、女は必ず子供はどうしたってきくんだからな」

　小柄な保線夫は、顔をしかめた。

　警官たちは、炎の色を見下ろしながら黙って保線夫たちの会話をきいていた。

　事故が起きて莚の中に死体を収容するまでの間、轢死者の処置は、ほとんどこの小柄な保線夫の手によって敏捷になされていた。車輪の間に巻き込まれていた胴体を車輛の下にもぐり込んで取り出し、鉄橋の上を曳きずってきたのも、この保線夫であった。

　駈けつけてきた警官たちは、さすがに気おくれして、一人も手を貸す勇気のある者はいなかったのだ。

「遅いね」

　警官の一人が、同僚に言った。

　二人は、気まずそうに黙りこくったまま線路と反対の方角に眼を向けた。

線路は山腹にそって敷設されているので、東の方角にゆるいスロープが広くひらけ、鉄橋の下を流れている広い川幅の水が白く光って曲折しているあたりには、町の灯が夜光虫のように密集している。ネオンの色もまじっていた。

汽車の警笛が、かすかにかすれてきこえてきた。

みると、山肌にそって弧状に伸びている線路の端を、煙を赤くほっほっと染めた機関車が体を傾けながら進んでくる。

「七時二十七分の下りだな」

保線夫の一人が言った。

列車が、近づいてきた。

人々は、後ろへ退った。機関車の車体が線路一杯にひろがり、機関室で石炭を投げ込む機関士のかがんだ姿が赤く染まって瞬く間に過ぎた。

焚火の火が車体の通過する風にあおられ、枯草の上に火の粉が散った。

客車の明るい窓の列が、しばらくの間火にあたっている男達の顔を断続的に明るくした。一瞬の間に眼の前をかすめ過ぎてゆく窓の中の乗客たちの姿は、ひどく満ち足りた和んだものにみえた。このレールの上で先行した列車が一人の男を轢（ひ）いた直後だけに、その窓の中の平和な明るさは奇妙な印象にみえた。

列車は鉄橋を轟々と鳴らし、やがて、尾灯も小さくなって林のかげに消えていった。

急に、あたりにより一層深い静寂がひろがった。

その時、かすかに丘の下の方から、エンジンの音が唸りながらきこえてきた。曲りくねった坂道を樹の間がくれに、ヘッドライトが道の両側の樹木を明るくしながら登ってくる。

「来たようだな」

若い警官が、枯草の小路を道路の方へおりてゆく。

自動車が、下の道にとまった。ドアが開き、室内灯がともった。手に、白い布を巻いている若い男が二人いた。

警官に先導されて、黒い人影が、黙々と線路の方へつらなって登ってくる。

保線夫たちは、焚火に手をかざすのをやめた。

男たちは、線路のかたわらに立つと遠巻きに蓆をとり巻いた。やや遅れて、屈強な男に肩を支えられたセーターを着た女が上ってきた。

「奥さん、気をしっかり持って下さい。御主人かどうかはっきり見さだめて下さい」

警官の懐中電灯が、二方から蓆に集中された。

女の眼は、露出していた。蓆に近づくことが恐しいらしく、体をのけぞらして一歩も前へ進まない。

「しっかりしなくちゃ駄目だ」

肩を支えている男が、女の体を前に押した。女は、必死にその力に抵抗しながらも眼は蓆に注がれていた。

男が女の肩をさらに押した時、女は、くるりと向きをかえると男の体にしがみついた。

「あの人です。あの靴は、うちの人のです」

女は、膝をついた。

人々は、懐中電灯の光芒の先端を見つめた。そこには、蓆の間から地面に垂直に立った白い運動靴が見えた。

男が、女の体を抱えて土手をおりて行った。

「間違いありませんでしょうか」

警官が、遠巻きに巻いている男たちに言った。

男たちは、しばらく黙っていたが、手に白い布を巻いている若い男が一歩前へ出て蓆の方をうかがった。

「そのシューズは、たしかに北尾さんのに似ていますね」

警官は、近づくと蓆を取りのぞいた。

「このジャケットは、あなた方のクラブのものですね、刺繍で富岡拳と書いてありますから……」

男たちは、無言でうなずいた。

「やはり、北尾さんでしょうね」

警官が、男たちを見まわした。

「そう、クラブの者で今見あたらないのは、この北尾さんと小川だけで、小川は今夜大阪で試合をやっているはずですから……」

「そうですか、わかりました。それにジャケットにKという頭文字がついているんです」

男たちは、顔を見合わせて無言でうなずいた。

「たしかにまちがいないです。北尾さんです」

男たちの中の一人が、言った。

死体を引取ることになった。

男たちは、警官たちと一緒になって蓆の四隅を持ち、下の路まで運んで白い警察のジープにのせた。

ジープと、男たちを乗せてきた自家用車が、坂道で反転し、ゆっくりとつらなって坂を蛇行しておりて行った。

三人の保線夫は線路ぎわに立って、ヘッドライトが路傍の樹々を明るく照らしながらおりてゆくのを見下ろしていた。

「行こうか」

年長の保線夫が言った。

かれらは焚火を散らし、黙々とつるはしで土をかぶせた。なにか三人とも、自分たちの果した役割がほとんど報いられないような空虚な不満を感じた。

保線夫たちは、火の消えるのを見とどけてから、シグナルだけのともった暗い線路の枕木の上を無言で遠ざかって行った。

川瀬の音だけが、鉄橋の下から蕭々（しょうしょう）ときこえていた。

記者団が東京から車でやってきたのは、それから一時間ほどしてからであった。

北尾与一郎の死体は、ビニールの張られたふとんの上に合わせ絵のように置き並べられ、毛布が掛けられていた。原形をとどめぬまでにつぶされた顔は、白布でおおわれていた。クラブの者たちと妻の光子は、ふとんの両脇に坐って代る代る線香をあげていた。

しかし、そうした空気も、押し寄せた報道陣の来訪によってたちまちかき乱された。フラッシュが閃き、会長の富岡和夫はむろんのこと、クラブの若い者たちまでが記者の質問攻めにあった。それは、全く無遠慮なもので、それまで保たれていた通夜の静寂は、いつか記者たちの快活とも思える騒々しさに捲きこまれ、賑やかな空気に変っていった。若い者たちの中には、不用意にも明るい声で記者の質問に答える者もいた。

記者団の一致した見解は、こうであった。

つまり、北尾の死は、決して事故死ではない。自殺の疑いが、多分にある。

第一に、北尾ほど運動神経の発達した男が、列車に轢かれることなど到底あり得ないことだ。第二に、鉄橋の方角にある山路をロードワークの場所として、北尾が好んで出掛けていたとしても、線路の上を歩いたり駈けたりするということは、常識として考えられない。警察の調べどおり北尾の死に他殺の気配が全くないとすれば、自殺以外にないわけだという。

自殺の原因としてまず考えられることは、桑島一郎とのノンタイトルマッチだ。北尾は、フライ級世界第三位にランクされて、ほとんどチャンピオンとの挑戦交渉も成立していた。その手ならしにおこなったこの試合に、不覚にも若い桑島のパンチをうけて、リング生活をはじめて以来、初のダウンを喫して負けている。それで北尾は、自信を喪失し、神経も大分弱っていたのではあるまいか……。

警察でも大体そういう見解をかためているらしいが、なにか思いあたる節はないかと、記者の質問は、執拗にこのことのみに集中された。

しかし、クラブの者たちの答えは、記者たちを苛立たせた。——北尾は、桑島に負けた時も落胆していた様子はなく、むしろ奇妙にも明るい表情をしていたのだという。そして、その後も北尾は、ひどく自信に満ちた態度で、世界選手権を目指してそれまでよりも一層激しいトレイニングをつづけていたという。自殺した……などということは考えられない、とクラブの男たちは、一様に強く否定した。

記者たちは、ひどく不服そうであった。かれらは、クラブの男たちに質問することをやめると、今度は、北尾の枕もとに坐った光子に問いかけた。

首を垂れた光子は、畳の目を見つめたままかたくなに黙りこくっていた。

記者たちは、諦めたらしく一人ずつ立ち上った。そして、戸口で明るい声で挨拶すると前後して戸外へ出て行った。

急に、家の中が森閑とした。

男たちは、今まで記者たちの質問に賑やかに答えていたことが急に恥しくなったのか、気まずそうに黙って坐っていた。

線香はほとんど灰になっていて、ただ蠟燭(ろうそく)が時々砂金のようなまたたきを見せてともっているだけであった。

二

翌朝の新聞は、ほとんどが北尾与一郎の死を自殺とほのめかして報道した。はっきり自殺と断定して書き立てた新聞もあった。

北尾与一郎の葬儀は、盛大をきわめた。桑島一郎に不覚の一敗を喫した後とはいえ、東洋フライ級のチャンピオンである北尾の国際的実力はいちじるしく高く評価されていたので、北尾の家の前はおびただしい花輪で飾られた。

参会者は、まだ興奮がさめきらず、所々に寄りかたまって北尾の死について声を低めて話し合っていた。

が、誰一人北尾が事故で死んだという意見を述べる者はいなかった。記者たちの当然考えたように、北尾ほどの稀な鋭い勘を持ったボクサーが、機関車を避けることができなかったということは、北尾という人間を知っているかぎり想像することさえ不可能だった。

……それほど、北尾は、特異な秀れたボクサーだったということが言える。

北尾と試合をした或る老練なボクサーの言葉を借りれば、北尾ほど相手を苛立たせるボクサーはいないという。ここぞと思って打っていっても、かすればいい方で、まともにあたることはまずないといっていい。ガードがないので思いきり打つと、北尾の顔はするすると退って、自分の突き出したグローブの先に行ってしまう。それも一センチか二センチ先なのだ。頼りないことおびただしい。それでこちらが苛立ってラフな攻撃をすると、北尾の左パンチが飛んでくる。負けてもなにか戦ったという気がしない、一人でグローブをいたずらに振りつづけたという気持しか残らない。後味の悪さは、全く類がない——と。

北尾の眼の尖鋭な光を無気味に思うボクサーは多い。しかし、北尾のボクシングの秘密が、実はそこに潜んでいるということに気づいているボクサーはいなかったといっていい。

北尾は、平生、美しい澄みきった小さな瞳を輝かせている。敏捷そうではあるが、どことなく優しさのこもった眼の色をしている。それが、いったんリングの上に上ると、その澄みきった小さな瞳は、一つの凝結した鋭い光の固まりに一変する。

北尾の瞳は、相手の眼にまたたきもせず凝集する。相手が、なにをしようとするのか、北尾の瞳は、相手の眼の色からそれを読みとろうとする。

相手の選手が、或る動きを起そうとする時、北尾の瞳は、相手の眼に一瞬清冽な流れを走る小魚の銀鱗のような閃きが掠め過ぎるのを見落さない。その瞬間、北尾の全神経は、直感的に相手のグローブの突き出されてくる方向を確実に知悉してしまう。彼の体は、すでにその攻撃に対処する次の動きの準備をはじめている。グローブの突き出されてくる個所、距離、速度。彼の知覚は、精巧な計器に似てそれらを把握している。

相手のグローブが伸びて、それを避けると、北尾の眼には不思議なほどがら空きで広々とした相手の顎やボディーが見える。

北尾は、避けた反動を利用して、相手のその部分に容赦なく思いきった左ストレート、アッパーカットを叩きつけるのだ。

北尾に、こんな一挿話がある。

或る秋の冷えびえした夕方、北尾は、町はずれから山の方へ、つまり、鉄橋のかかっている方向へ日課になっているロードワークのために、ジャケット、トレイニングパンツという姿で小刻みに足を早めて登って行った。

山を越えた町村に通じる道で、凸凹は激しい。が、北尾は、どこにどんな石が道の表面に露出しているか、すべて知りぬいている。北尾は、足を痛めることを恐れてそれらを避けながら、毎日踏む土の部分を寸分の狂いもなく規則的な速さで登ってゆく。

道の両側は、杉を主としたかなり密度の濃い林になっている。樹幹から樹幹に、秋の霧がわずかに動いていた。時折り、樹葉に風が渡るのか、しめやかな霖雨のような音が遠くから近づき、そしてまた遠ざかってゆく。

坂の中途まできて幾曲り目かの角を曲った時、坂道の片側に、少し車体を傾けた大型の乗用車がとまっているのが見えた。車体の下半分に、おびただしい泥の乾いた飛沫が上っていた。型も旧式で、後部が必要以上に無恰好にふくれている。車の感じからは、人の気配は感じられなかった。路に置き捨てにされた無人の車に思えた。

北尾は、危険物を避けて通る小動物のように油断なく道の反対側を、いつものとおり石をふまないように注意しながら通りすぎた。

人の顔があった。頭部の中央が薄くなった乾いた赤い毛髪の男だった。その男が、不自然なかがみ方で、運転台からじっと北尾の通りすぎるのを見つめていた。その眼の光は、北尾にとって外国人としては初めて見るたぐいのものであった。色素の薄い小さな瞳が、凝結した光を北尾の眼に集中している。殺意に類似したものを秘めた鋭い眼の光であった。

北尾は、男の一方的な視線に途惑いをおぼえながら、その場をさりげなく通りすぎた。その瞬間、北尾の眼の端に、男が運転台にかなり力をこめて抱えているらしいものの一部を見た。それは、男の腕の力に反抗しているらしい小刻みにゆれる硬そうな黒い髪であった。

北尾は、振返りながら坂を登って行った。眼にした黒い髪が何を意味するのか、はっきりとはつかめないでいた。

北尾の姿を追うようにしていた男の顔が、いつの間にか下に向けられ、薄れた男の頭部しか見えなくなっていた。

北尾は、足をとめて自動車の方を見つめた。

男は、すでに北尾の存在を忘れてしまったらしく顔を伏せて、しきりに自分の抱えたものに腕を動かしていた。その体の動きは異常だった。力をこめてなにかに挑んでいる、ひどく熱意にみちた仕種(しぐさ)に見えた。

北尾は、二、三歩無意識に坂をもどりかけた。

その時、不意に太い叫び声が起った。同時に、車の中の男の顔が激しくゆがんでのけぞった。

自動車のドアが勢いよく開いた。人の体が、道の上に転がり出た。服のえりに白い筋の入っている女学生服を着た少女だった。

少女は、起き上ると、泣き声ともつかぬ叫び声をあげて林の方へよろめきながら入って行った。スカートがずり落ちて、下半身は白いスリップだけになっている。よく肥えた無恰好な短い足だった。

男が、すぐにドアから出てきた。臀部のはち切れそうなひどく大きい男だった。

男は、少女に歯を立てられたのか片腕を抑えながら林の中へ少女の後から駈け入った。

林の中からは、少女の不安定な泣き声がきれぎれにしてくる。

北尾は、坂をもどると、林の中へ足早に入って行った。

男は、林の樹木の間を縫って少女の後を追っている。足の地につかない歩き方をしている少女は、いたずらに右に走ったり左に曲ったりしているだけで、男との距離は急速に縮まった。

大きな木の下で、男の手が少女の髪をつかんだ。少女の体が後ろにそりかえった。

北尾は、足を早めた。

仰向けに倒れた少女の体は、手も足もだらしなく開いてもがいている。

「おい」

北尾は、五、六メートルはなれた所から声をかけた。

少女におおいかぶさった男が、ぎくりと顔をあげ、北尾の姿を認めると立ち上った。

色素の薄い眼に、動揺の色と不遜な憤りの色が入りまじって浮んでいた。

「よせ」

北尾は、真面目な表情でたしなめ手を振った。

「ダメ、ダメ」

北尾は、しきりに手を振った。

男の顔に急に血が上り、顔を大仰にふり立てながら、どなりはじめた。腕をふり廻し、あっちへ行け、あっちへ行けという身振りをした。

「ダメ、ダメ」

北尾は執拗に手を振った。

男が大きな怒声をあげた。

北尾は、少し血の気のない顔つきで首を振りつづけた。なだめるように、口もとに引きつった微笑さえ浮べた。

男が、口を閉じた。顔が蒼ざめた。男の手が、ゆっくりとズボンのポケットに入った。手に象牙でつくられたものが握られた。男は、それを前に突き出すと、親指を動かした。かすかな金属音がして、陽光の衰えはじめた林の中で、冷ややかな銀色のものが閃いて飛び出した。

男は、二、三歩北尾に近づくと、その刃を擬して動かした。仕種も顔つきも、ひどく芝居がかってみえた。

少女は、仰向けに倒れたままの姿勢で、大きく肩で息をしながら焦点のさだまらない眼をあけている。身を動かそうともしなかった。

北尾は、その場に立ったまま、子供でもなだめるようにナイフをにぎった男に首を振りつづけた。

男は、しばらく突っ立って北尾の眼をにらみつづけていたが、急に身を動かすと北尾の体に近づいてきた。

「ヨセ、ヨセ」

北尾は、手で制しながら横に体を動かした。

威嚇だけの意味しかないと思っていたナイフが確実に突き出されてきたことに、北尾は愕然とした。男が、この異国の土地で殺傷をそれほどには重大に考えていないらしい驕慢さに、底知れぬ無気味さを感じた。

北尾は、顔色を変えた。男の不遜な殺意に憤りをおぼえた。

北尾は、身を構えた。

男は、眼に冷ややかな微笑を浮べながらナイフをきつくにぎりしめている。

男の体が、北尾にぶつかってきた。北尾は、瞬間的にそれを避けた。

男は、北尾の体につかみかかろうとして両腕をひろげ、小刻みににじり寄りながらはやい速度でナイフを突き出してくる。北尾は、男の眼を見つめていた。色素の薄い男の小さな瞳には、やはり、あるかげりがかすめすぎていた。それは、リングの上でボクサーが行動を起す直前にみせる眼の光と同質のものだった。北尾は敏捷に足を動かした。

男の肩が、大きく動き出した。口をあけ荒い息をしている。赤い毛は乱れ、額に汗が湧いた。

北尾は、林の中の冷ややかな空気を皮膚に感じていた。北尾は、自分の前で激しくあえいでいる肥満した異国の男の姿を眺めた。

男の眼には焦慮の色がみえ、いつか不遜な色は影をひそめて、眼の光も不安定な鈍りをみせている。

北尾の眼に、かすかな輝きが宿りはじめた。自分の動きが男をいたずらに疲労させ、苛立たせている。形容できぬ歓びに似たものが、胸の底から湧いてきた。そして、それは、男がまたもナイフを北尾にそらされてぶざまに枯葉の積り敷いた土の上に尻餅をついた時に、露骨に表面に現われた。

北尾は、堪えきれず顔を赤らめて笑った。

男は、手を土の上に突きながら、北尾の立っている姿をうかがった。顔に、汗が流れていた。太い金の指輪のはまった指が、ナイフを握りしめながら枯葉の上で小刻みに痙攣していた。

男の瞳に、力がこもった。男は急に足を蹴ると、かがんだ姿勢のまま北尾の体に突進してきた。

北尾は、眼を十分に見開きながら、左に飛び退いた。北尾の立っていた背後に、太い杉の幹があった。頭を突っ込んでのしかかって来た男は、瞬間的に北尾という目標物を失って、その幹を避ける余裕もなく頭をぶつけた。大きな鈍い音がした。

男は、頭をかかえてうずくまった。

北尾は、男の体を眺め下ろした。男の口から呻き声が起っている。

しばらくして、北尾はふと気づいて少女の倒れていた方向を見た。少女は、パンツだけの腰を枯葉の上に下ろして、こちらを無心な眼で見つめていた。

北尾は男が投げ出したナイフを拾い上げると、林の中へ思いきり遠くへ投げた。

北尾は、うずくまった男に眼を向け、その体が動かないのを見さだめてから坐っている少女の方へ歩いて行った。

北尾が近づいてゆくと、少女の眼におびえの色があらわれた。北尾の眼を、細い眼で見つめている。

北尾が坐った少女の腕に手をかけると、少女は身を引いた。北尾は、荒々しく少女を起し、その腕をつかんで林の中を道の方へもどった。

自動車は、すでに夕色につつまれていた。

北尾は、破れたスカートを道傍(みちばた)から拾うと、少女に無愛想に渡した。

「早く帰れ」

急に抑えきれぬ憤りが湧いてきて、北尾は、スカートをはいている少女に言った。

少女は、うつろな表情で手早くホックをはめ終ると、北尾の顔を見上げ、

「カバン」

と、言った。

北尾は、無言で少女の顔を凝視していたが、自動車に近づくと半開きになったドアに体を入れ布製の白いカバンをシートの下から拾い上げると少女の足もとに投げた。

北尾は、背を向けて少し坂を登りかけたが、四囲がかなり暗くなっているのに気づいて坂をゆっくりと駈け下った。途中、道の曲り角で振向くと、スカートの裂け目を気にしながら暗い道を足早におりてくる少女の姿が見えた。

この小さな事件は、結局、表沙汰にはならなかった。北尾も、このことについては誰にも話さなかった。ただ、北尾はこのことがあってから、試合中、よくリングの上で顔に笑いを浮べるようになった。相手が空振りしたり、力あまってスリップダウンしたりする時には、マウスピースがはみ出しそうになるほど口もとをほころばせた。マウスピースの白さが、むき出しになった歯列を連想させて、一層北尾の顔を笑いの表情にした。その笑いは、相手の愚かさを冷笑しているように、ひどく不遜なものにみえた。北尾が微笑するたびに、観客は、声をからして北尾を弥次った。スポーツライターの中にも、それを気にして、北尾のリング態度の不謹慎さを責める者もあった。

しかし、北尾は、そうしたことには気をかける様子もなく、相手の顔に焦りの色が浮び顔中に汗がふき出てくると、頬を一層ゆるめる。

苛立った相手が、全く効果のない妙なグローブの突き出し方をする。児戯に似た他愛ない動きに見える。その滑稽な姿に観客が無遠慮に笑うと、リング上の北尾も、その笑いに釣られて思わず頰をゆるめるのだ。

観客は、そうした北尾に反感をおぼえる。弥次が北尾に集中される。北尾は、ボクサーとして観客に観られる立場にあるのに、北尾が、観客と対等の立場で観ていることが、観客に不快感を誘発させるのである。

そのうちに北尾の顔から笑いの表情が次第に消えてゆく。北尾の動きが敏捷になる。相手の体に叩きつけられるグローブは、打つ時の激しい速さと同じ速度で手もとにひかれている。観客は、今までの反感も忘れて、北尾の左のK・Oパンチが、相手の選手を倒すことを性急に要求しはじめる。北尾の攻撃は、多彩をきわめる。ブローの一つ一つが、複雑な精密機械さながらに、相手を倒すために的確に放たれる。よどみのない連続的な動きであった。それは、生きている機械ででもあるかのように、正確であり、鋭い強靱さにあふれていた。そんな時、かたくひきしまった筋肉だけの北尾の体は、精巧な器具を連想させた。

やがて、終末が近づく。北尾の疲れをみせないすさまじい左ストレートが、ノーガードのチンに炸裂する。相手の選手は、仰向けに倒れる。北尾の顔には、笑いのかげはみじんもみられない。殺意にも似た険しい表情をしている。観客は、歓声をあげ、それが広いスタジアムに反響する。

北尾は、リングの隅に行って、ロープに背をもたせかけて、じっと倒れている相手をきびしい表情で見つめている。相手の足が、小刻みに痙攣しているのを見守っている。その時の北尾の表情には、冷たい残忍な色が濃く貼りついている。と同時に、それは、妙に深い孤独な表情でもあった。

グローブをレフェリーに持ち上げられ、K・O勝ちが宣せられると、初めて北尾の顔に微笑が浮ぶ。マウスピースを少し唇からのぞかせて観客に挨拶する。

「全くあいつは、強いな」

観客は、席を立って出口の方へ歩きながら、感嘆の声をかわし合いスタジアムを出て行くのが常であった。

三

著名なボクサーと鉄道自殺――。この取り合わせには、世間的な興味があった。週刊誌や、スポーツ関係の雑誌記者の熱心さには目をみはるものがあった。北尾のマネージャーでありクラブの会長である富岡は、連日これらの記者に追い廻された。
往年フェザー級のチャンピオンの座にもついたことのある富岡も、おどおどした人の善さそうな眼しかしていない。北尾とファイトマネーのことでこじれてから、急に気の弱りをみせたという富岡が、北尾の死について記者に脅されるように質問されても、珍しく頑なに「知らない。心当りがない」と、強い語調で繰返すだけであった。

富岡の態度は、毅然としてみえた。クラブの者にも不思議に思えるほどであった。別人のような変り方であった。

しかし、事実は、富岡に、一つの秘しごとがあった。それは、北尾と富岡と、そしてこの町に住むある眼科医とだけしか知らぬ事柄であった。

北尾の死んだ後、富岡は、ひそかに北尾の家を抜け出してその眼科医の戸を叩き、北尾の眼のことについては決して口外してくれるな、とくどいほど頼み込んだ。

北尾の網膜が剝離を起したのは、桑島一郎の放った打撃を左の瞼にうけたからであった。試合後、町に帰った北尾は、眼に故障が起きているのに気づき、町の眼科医のもとにおもむいた。そこで、網膜剝離を発見されたのだ。

北尾は、思いのほか平然としていた。むしろ、富岡の驚きの方がひどかった。すっかり取乱し、うろたえていた。北尾は、富拳クラブの一枚看板である。北尾が富拳クラブにぞくしているおかげで、クラブの名もそれにつれて著名なものになっている。その北尾に有力なプロモーターがついて、世界選手権者への挑戦試合がかなりの確実さで進められている。北尾の眼の故障が公になれば、変転きわまりないこの種の交渉に大きな支障とならぬともかぎらない。富岡には、打算があった。このままひそかに治療すれば、比較的軽度であると診断された北尾の眼は、試合が実現するまでに旧に復するのではあるまいか。

富岡は、北尾にこのことを秘密にした方がよいと、しきりに説得した。

北尾にしても、このことが世間に知れ渡るのは好ましくなかった。若いキャリアの少いボクサーの打撃を受けて、治療をうけねばならぬほど眼を痛めつけられたと人に思われることは、北尾の自尊心が許さなかった。

北尾は、この時だけは富岡の言葉に素直にしたがった。毎夜、北尾は、光子にも行先を言わずにひそかに眼の治療に通った。昼間、強い日射しの中でも眼帯をかけることはしなかった。ただ時々眼をしばたたいて、人知れず指先で、そっと瞼を撫でていた。

富岡が記者の質問にはっきりした答え方をしなかったのは、この眼の故障を秘密にしていたためであった。かれは、その秘密を公にした折の世人の激しい非難が、容易に予測できた。おそらく人々は、富岡が北尾を世界選手権試合に出場させたいために、その負傷をひたかくしにかくしていたと解釈するだろう。そして、もしも、それまでに全治しなかった場合も、富岡は、北尾をそのままリングに上らせるつもりだったのだろうと言うにきまっている。これは、マネージャーとして死命を制する失態である。ライセンスを取上げられた富岡の将来は、全くの闇である。

北尾の葬式が終ってから、富岡は、急に老けこんでしまったような印象を人にあたえた。気落ちしてしまったらしく、時々吐息をついていた。事実、おそらく光子をのぞいては、富岡ほど北尾の死を惜しんだ者はいなかったろう。クラブに顔を出すことさえ億劫らしかった。練習生も、なんとなくその気配を感じて練習をする者もなく、ジムに人の影は稀になった。

しかし、富岡は、決して北尾個人の死をいたんだわけではなかった。富岡自身にとって多くの面で利していた北尾という存在を失ってしまったことが、諦めきれない口惜しさであったのだ。

富岡と北尾との関係は、決して師弟の関係と言えるものではなかった。富岡と北尾が初めて衝突したのはギャラの問題でこじれた時であった。北尾の受取った金額は、ファイトマネーの三分の一にみたない額であった。これまでに色々費用がかさんでいるのだ……というのが、富岡の言い分であった。

北尾は、顔色を変えた。

「よし、それじゃ、それはあんたにくれてやらあ。ただし、これからは俺が直接、契約するから口出しはごめんだぜ」

北尾が富岡に口汚い言葉を叩きつけたのは、この時が初めてであった。

その時から、北尾は富岡に対して急に言葉がぞんざいになった。

こうした北尾の態度には、むろん富岡も憤りをおぼえた。しかし、富岡は、すでに五十に近い年齢であった。暮しも決して楽とは言えない。

もしも、ここで北尾と感情的にもつれ、北尾が、他の拳闘クラブに移ってしまったらどうなるだろう。富岡の開いているこの田舎町の小さなクラブは、元どおり名もないクラブに逆もどりしてしまう。北尾の存在があってこそ、富拳クラブの名前は、世に知られているのである。練習生も、急激に減ってしまうだろう。有形無形の利をもたらしてくれている北尾を失うことは、富岡にとって一つの資産を失うことにほかならない。それは、富岡の生活に影響する重大事である。

富岡の眼に弱々しい色が浮ぶようになったのも、この頃からであった。そして、それも、北尾が、全日本、東洋と次々とタイトルをかち得てゆくにつれて、富岡の態度は益々卑屈に見えるほど遠慮がちになっていった。

ジムで練習生のコーチをするのにも、富岡はごく初歩的な男たちを扱うだけで、北尾がコーチしている選手には口出しをしなかった。選手の方でも、北尾の言うことには無条件にしたがっても富岡の指導にはあまり耳をかさない。

「富岡のおやじの言うことなどまともにきいていたら、一人前のボクサーにはなれないぞ」

北尾は、富岡の存在を無視して、大声で練習生たちに言ったりしていた。

そんな時でも富岡は、弱々しい笑いを顔に浮べて黙っていた。

北尾の活躍は、華やかだった。相つぐ防衛戦にほとんどK・Oで勝ちつづけ、いつの間にか世界フライ級の第三位にランクされていた。富岡の北尾に対する態度は、練習生が顔をしかめるほど卑屈になり、従順になった。

富岡の夢は大きくふくれ上り、同時に不安も増した。北尾が世界選手権者の座に坐れば、自分は、北尾のマネージャー兼コーチとして一躍世の脚光を浴びる。富岡が北尾を世界的大ボクサーに育て上げたと、だれもが信じるにちがいない。経済的にも、収入が急増することは疑いない。

しかし、富岡は、なにかの拍子に不安な感情に襲われることがあった。それは、北尾が自分から離れてしまうことはないか、ということだった。富岡はその度に、深い淵に落ち込むような暗い気持になった。

かれは、北尾をどんなことがあっても自分の手もとに引き止めて置きたいと思った。決して離れてはいけない、捨てられてはならない、と自分に言いきかせた。

富岡は、一層北尾の機嫌を損うまいと気を遣った。そんな時、網膜剝離という思いもかけぬ事故が起ったのだ。

富岡がこのことをひたかくしにしたのも、自分の夢を破られる要因になりかねないと判断したからであった。

北尾の死は、完全に富岡の夢を無為なものにした。富岡にとって、きわめて大きな損失であった。

富岡の胸の奥には、一抹の悔いに似た感情がひそんでいた。それは、推測の域を出ないもので他人にも口にしたことはなかったが、かれは、おそらく自分の想像が的中しているにちがいないと思った。そして、それは日が経つにつれて確信に近いものになっていった。

……富岡は、北尾の死についてこんなことを想像していた。

北尾は、いつものように坂道を登って行った。ふと、線路の土手を登る気になって道から土手に上った。列車の近づいてくるのは、知っていた。西日が眩ゆく眼に入った。その瞬間、網膜剝離の症状を残しているかれの眼は機能を失った。北尾は、眼がくらみ盲目状態になってよろめいた。列車が至近距離にせまっていた。

つまり、富岡は、北尾が事故で死んだのだという推定を下していたのだ。

「物がにじんで見えて仕様がない」

北尾は、時々富岡にひそかに訴えていた。富岡の打算は、狂ってしまった。眼の故障ということをひたかくしにかくしたために、かえってそれがわざわいになって、北尾は不慮の死にあった。富岡の夢は崩れ去り、自分の保持していた北尾という資産は一瞬の間に消滅してしまった。

今まで、二十近くも歳下の北尾に対する気遣いや耐えに耐えてきた屈辱も、すべて徒労に帰してしまったのだ。しかも、事故死であるという推定も、人に話すわけにはいかない。口にすれば、結局は、眼の故障をかくしていたマネージャーとしての責任がきびしく追及されることは必定である。

北尾の死の原因について、すくなくとも事故死であろうとはっきり推定した者は、おそらく富岡和夫以外にはいなかったはずだ。

四

記者の中には、北尾の弟子であった有光清の姿が見えないのに不審感を抱いた者もいた。

「あれは、辞めました。がっくりきたんでしょう」

富岡の言葉を、記者はそのまま信じてそれ以上の疑念はいだかなかった。ここにこの記者の手ぬかりがあったと言っていい。

有光を追及し、もしも、北尾と有光との関係をきき出すことができたとしたら、記者は自信をもって北尾の自殺説をはっきりと打ち出したかも知れない。

有光は、北尾の葬儀にも顔を出さなかった。その時刻には、すでにこの町にはいなかったのだ。

有光は、その日の午前中に富岡に退会届を出し、一言も言わず、ボストンバッグと風呂敷包みを手に駅に急いだ。

かれには、ボクシングをやる気は失せていた。葬儀にくわわれば、ボクシング関係の男たちの特殊な顔が並んでいるのを見なければならない。妙に肥満した、服装だけは派手な男たち。薄い口髭。これらの男たちと対照的に現役の選手たちは、なにかおどついた卑屈な表情をしている。現役の選手は、ボクシングの世界にいつの間にか関係しているぜいたくな身なりの男たちに、一々頭をさげて通らなければならないのだ。

葬儀で、これらの選手とボクシング関係者の顔を見ることが、有光にとっては堪えられないことだった。

さらに有光が葬儀に出なかった原因は、他にもあった。それは、北尾の妻である光子と顔を合わせることに気まずさを感じていたからだった。

有光は私大出のボクサーで、卒業の年、フェザー級の大学選手権に優勝し、すぐに富岡拳闘クラブに入会した。フライ級の著名なボクサーである北尾与一郎の科学的なボクシングを慕った結果であった。

北尾は、クラブ所属の選手たちにはきわめて冷淡であった。

「自分で研究することが第一だ」

と言って、クラブ員が質問しても素気ない答え方しかしなかった。

しかし、有光には例外であった。時々自分から進んでコーチをしてやることもあった。有光は、北尾の言葉に素直にしたがった。北尾の人格、技術に、無批判に尊敬しきっていたのだ。

クラブ員が蔭で北尾を批判すると、有光はひどく怒った。

「あいつは、北尾の腰巾着だ」

と、かれらは有光に冷たい眼を向けていた。

しかし、北尾は、格別有光を人間的に好んでいたわけではなかった。

有光の長身から突き出されるリーチの長いこと、そしてスピードの秀れたグローブの動きを、ことのほか重宝がっていたに過ぎない。つまり北尾は、有光を、この上ない練習台に使っていたのだ。

北尾は、有光をよく平生のスパーリング相手にえらんでいた。ヘッドギアーをつけジムのリングに上ると、北尾は、有光に思いきり攻撃をさせる。頭を少し横に動かすだけで、有光のグローブは北尾の顔からそれてしまう。

北尾は、有光の間断なく突き出してくる素早いグローブの動きを楽しみ、自分の感覚の確かさを味わっていた。

有光の額や胸に汗が流れはじめる頃になると、急に北尾の右グローブが有光の腹部に伸びてくる。来たな！　そう思った瞬間には、北尾の左ストレートが自分の腹に食い込んでいる。融けた鉛の液に似た重いものが、その個所から体中にひろがってゆく。有光は膝をつき突っ伏しながらも、北尾の技術に讃嘆の声を発したい妙に感動した気持になるのだ。

有光は、北尾の家にもよく遊びに行った。夕食を共にすることもあった。

「女なんてな、ボクサーには不必要なものなんだ。こいつは、後援会の会長がぜひもらえって言うから、断わりきれなくなってもらったんだ。女房っていうよりも、飯たき女と言ったほうがいいくらいのものなんだ」

北尾は、光子の眼の前で有光にそんなことをずけずけと言う。北尾と光子の間には、大婦の営みが全くないのだという噂がある。北尾が不能者だという者も少くない。

有光は、北尾の家にゆく度に、光子の顔を興味深くうかがう。光子は、細い眼のあたりにまだ少女らしい稚さを残して、返事をするのにも、「はい」「はい」とうなずき、澄んだ声を出す。痛々しいほどに従順に見えた。自分のことを飯たき女と表現されても、光子は顔色も変えない。殊勝気な表情で、食膳のかたわらできちんと正坐して北尾の言葉をきいているのだ。

北尾と有光が師弟の間柄であることは、いつの間にか一つの定説になっていた。事実、二人の間は、ひどくうまくいっていた。性的に欠陥のある北尾が、別の意味で有光と親しいのだ、という甚だうがった解釈をする者もいたほどであった。

――二人の間に破綻が起きたのは、二カ月ほど前であった。

その日、蒸暑いジムでは若い選手が汗にまみれて黙々と練習をしていた。鏡の前でスタイルを研究する者。スキッピングを飽きずにしている選手。パンチングボールをこね廻して打つ男。サンドバッグを連続的に叩く者。板張りのジムの中には、そうした音が混然となって虫の羽のうなりにも似た鈍い音が充満していた。

ふと、スキッピングをしていた長身の男が、急に手をとめた。

「おや、今井じゃねえか。どうしたんだい」

男は、スキッピングロープを片手にまとめると、西日のさした入口のガラス戸の方へ汗も拭わず出て行った。

たたきには、西日を背にボストンバッグを手にした小柄な男が立っていた。開襟シャツのえりが汗で黄色く染まっている。

「どうしたんだい、お前」

男は、小柄な面やつれした男の顔をのぞき込んだ。小柄な男は、少しばつの悪そうな表情をして、汚れたボストンバッグを板張りの床に下ろした。

練習をしていた選手たちが集って来た。

「どこへ行ってたんだい。勤め先からも消えちゃうしさ」

選手の一人が言った。

男は、顔に似合わぬ照れた表情をすると苦笑いをした。

「ずいぶんみんな張切っているんだね」

男は、かこまれた選手に威圧されながらも、同僚としての落着きを取りもどし、男たちをまぶしそうに見まわした。力弱い媚びるような表情であった。

「チャンピオンカーニバルがあるんだよ。……しかし、一体どこへ雲がくれしていたんだい。女と一緒だったっていうじゃないか」

男は、黙って苦笑していた。

「北尾さん、怒ってないかい」

男は、表情をかたくすると選手たちの顔をうかがった。

「別になんとも言ってなかったぜ、なあ、みんな」

若い男たちは、少し自信のなさそうな顔をしたが、一様にうなずいた。

「また、練習をはじめるんだろ、今井」

「そうなんだ、それで来たんだ。北尾さんにも一応諒解を得ておこうと思って……」

男は、真剣な眼をした。

「今、北尾さんは事務所にいるよ。富岡さんと打合わせをしているんだ。ともかく上れよ。そして、北尾さんにも挨拶してこいよ」

男はうなずき、靴をぬいで、ボストンバッグをジムの隅に置くと、床板の上を事務所の方へ歩きかけた。

その時、事務所へ通じるドアが開いて、北尾と練習姿の有光が前後してジムに入って来た。

北尾は、今井にすぐに気づいた。

「どうしたい。生きてたのかい」

白い歯をのぞかせて、北尾は機嫌良さそうな笑いを眼に浮べた。

男は、北尾の笑いにつられて媚びた笑い方をすると、頭をかいた。

「すみませんでした。ちょっと新潟の方まで行ってたものですから……」

「そうかい、そりゃ、大変だったな」

北尾の表情は、相変らずやわらいでいた。

「で、今日は、なんだい」

北尾は、わずかに表情を引き締めると、男の顔をのぞき込んだ。

「また、練習をはじめたいと思って、挨拶に来たんです」

「ほおう」

北尾は、大袈裟に感心した仕種をして満面に笑みを浮べた。

「冗談言ってもらっちゃ困るな、今井。そりゃあお前、虫があまり良すぎるよ。お前の方はそれでいいかも知れないけれどさ、それじゃあお前、おれの方がまるっきり踏みつけじゃないか」

男の顔に浮んでいた笑いが、不自然にこわばった。

「うちじゃお前も知ってるとおり、一度無断でやめたらもうお断わりなんだよ。それを覚悟でお前もやめたんだろうから、それでいいじゃないか。お互いに恨みっこなしにしようよ、な。今日はみんな忙しいし、邪魔になるとおれの方まで迷惑するから、また暇なときでもこいよ」

　そう言うと、北尾は、今井を無視してジムの中央に出て行った。

　男は、顔を蒼ざめさせて立ちすくんでいる。白けた空気がジムの中にただよった。選手たちも、練習を忘れて今井の姿を見つめていた。

「おい」

　北尾の不機嫌そうな声に、選手の一人が振向いた。北尾は椅子に坐り、掌を開いて突き出している。選手は、あわててバンデージを持ってきて、北尾の指に巻きはじめた。他の選手たちも、急に気づいたように練習をしはじめた。ジムの中には、また混然とした虫の羽の鳴るような音が満ちた。

　今井が、北尾の方に歩みはじめた。それに気づいた選手の動きが鈍くなった。北尾は、近づいてきた今井の顔に眼を向けた。

　今井は、北尾の前に膝をついた。靴下に大きな穴があいていて、汚れた足の裏がのぞいている。

「北尾さん、練習させて下さい」

　男は、頭を深くさげた。語尾がふるえていた。

　北尾は、男の姿を黙って見下ろしていたが、布を巻く手をとめた選手の動きをうながして掌を動かした。

「あやまります。練習させて下さい」

男の声は、泣き声になっていた。

北尾は黙然とグローブをはめさせていたが、しばらくして口を開いた。

「新潟へ行っていたって、親でも死んだのか」

男は、身をかたくしたまま頭を下げている。

「女の尻を追っかけて行ったんだろ。振られて帰ってきたのか」

北尾の声は、低かった。

「死んだんです。体が悪いって言うんで、郷里まで送って行ってやったんです」

「そうかい」

北尾は、興味のなさそうな声を出した。

「ボクサーに女は禁物なんだ。俺が始終口を酸っぱくして言っていたのをお前も知ってるだろ。それが守れないんだから、お前は一人前のボクサーにはなれないよ。きれいさっぱりやめた方が身のためだぞ」

北尾の声は冷ややかだったが、さとす口調でもあった。

男が、顔をあげた。

「やります。立派なボクサーになります」

「立派な？」

北尾の口もとに蔑んだ微笑が浮んだ。

「きっとなります。きっとやってみせます」

男の顔は、紅潮していた。真剣な表情だった。

「馬鹿をいうんじゃないよ。お前なんかになれっこないよ」

北尾の笑いが、冷ややかにゆがんだ。

「やってみます。きっと立派なボクサーになってみせます」

男は、甲高い声で言った。

北尾の顔から笑いが消え、顔が蒼ざめた。北尾が、椅子から立ち上った。

「いい加減にしろ。貴様みたいな甘っちょろい考えで一人前のボクサーになれるか」

「なれます、きっとなってみせます」

北尾の顔が、急に紅潮した。

「よーし、それじゃ、なれるかどうか、おれが試してやる。グローブをはめろ」

男は、すぐに立ち上り、開襟シャツとズボンをぬぎ、メリヤスの猿又一つの半裸になった。男の動きには、物につかれでもしたような荒々しい素早さがあった。反抗的な感情の動きがみえた。男の顔は、興奮で少し赤らんでいた。

北尾は、ジムの一角に張りめぐらしたリングの中に入った。男も、あわただしくグローブをはめると、表情をこわばらせてロープをくぐった。

選手たちは、練習の手をとめて、身じろぎもせずにリングの中を見つめていた。

「さあ、立派なボクサーなみに打ってこい！　思いきり打ってこい！」

北尾の均斉のとれた引き締まった体軀に比して、男の足は短く、構えも不自然なほど無恰好だった。パンツもたるんでいた。

「ほら、打ってくるんだ」

北尾の右のグローブが、男の鼻柱に乾いた音を立ててあたった。男の顔がゆがんだ。男は、グローブの先で鼻をこすりながら、頼りなげな姿勢で少しずつ右にまわった。

男の右グローブが伸びた。北尾は、かすかに顔を動かした。男の体が、対象物を失って無様に前にのめって手をついた。

「そのざまはなんだ。練習しないからそんなことになるんだ」

北尾は、蔑んだ笑いを眼に浮べた。

ジムの空気は、凍りついていた。選手たちは、体をかたくし血の気を失した表情で、リングの上をまたたきもせずに見つめている。

男の鼻から血が垂れた。

北尾のグローブは、もっぱら男の顔に叩きつけられた。眼に残忍な光が浮び、打撃は容赦なく男の顔に向けられた。すさまじい音だった。まず、男の唇が切れた。口から少しのぞいているマウスピースが、魚肉を口にふくんでいるように見えた。瞼が切れた。両眼を真赤にした男の顔は、凄惨だった。男は、何度もマットの上に倒れた。が、その度に男は、すぐに両手を突っ張って立ち上った。その顔を北尾のグローブは、執拗にとらえた。男の体は、ただ立って打たれているだけであった。顔が一個の血塊に見えた。時々しばたたく眼と口の割れ目が、あたかも開いた傷口に見えた。

北尾のアッパーカットが、男の顎を突き上げた。男は、無抵抗に仰向けにのけぞった。男は、それきり動かなくなった。足が小刻みに痙攣しているだけであった。猿又におびただしく血がついていた。

有光が、ロープをくぐって男の体に近寄った。男の血に染まった眼が、開いたままだった。

有光が眼で合図をしたので、二人の若い選手がリングの中に入って来た。選手の一人が男の体に手をかけた。

有光は、手でそれを制し、

「動かさない方がいいんだ。バケツとタオルを持ってこい」

と、静かな口調で言った。

選手が、バケツに水を入れて持って来た。有光は、それを男に浴びせかけた。

男の体が動き、大きく息をした。

「どうだ、大丈夫か」

リングの外で軽い足ならしをしていた北尾が、わざとらしいほど明るい声で言った。

「息を吹き返しました」

男の顔をのぞいていた若い選手が、振返って答えた。

有光は口をかたく閉ざして、男の顔の血を水にひたしたタオルで拭いてやっていた。

その夜、有光は、男のかたわらにつききりだった。リングの上には蚊帳が吊られた。

夜明け近くに男は、一言「眼が見えない」と言った。有光は、倍近くふくれ上った男の顔を濡れたタオルで巻き、肩を貸して人通りの少い町の中を自分の下宿へ連れて行った。

それきり有光は、ジムへ顔を出さなくなった。


有光の下宿は、町はずれの小鳥屋の二階にあった。

光子がその下宿を訪れたのは、今井が昏倒してから三日後であった。光子は、小鳥の籠が所狭いまでに置かれた店先におびえた眼で立っていた。

有光は、階段の上り口の所に立つと、露骨に不快そうな表情を見せた。

「これを主人が見舞いに持って行くように言いましたので……」

光子は、紙包みを有光の眼の前にさし出した。肉付きの良い指の付け根に、可憐なくぼみが並んでいる。

「金ですか」

光子は、怖じ気づいた眼で有光を見上げながら、「ハイ」と小さな声で言った。

有光は、蔑んだような笑いを顔に浮べた。

「甘くみないで下さいよ。いくら持って来たのかわからないけど、今井の眼はつぶれちゃいましたよ。どうせ持ってくるなら、男一人の眼に相当するものを持って来てくれなくちゃね」

光子の眼が大きくみひらいた。

「眼が……？　うちの主人がそんなことをしたのですか」

「知らなかったんですか。あなたもずいぶん暢気な人ですね。北尾さんが、今井の顔を叩きに叩きつづけたんですよ。あの人は、気違いじゃないんですか。見損いましたよ。今井はね、昨夜も階段の途中まで這って降りてね、……もっと撲ってもらいに行くんだって……。金で解決しようったってだめですよ。ともかく帰って下さいな。私も不愉快だから……」

有光の顔には、憤りの色があふれていた。光子は、呆然と立ちすくんでいる。有光は、光子の顔をにらみ据えると、足音を立てて二階に上って行った。

今井は、眼に濡れたタオルをあてたまま身じろぎもせずに仰臥していた。

翌日、有光が勤めから帰って体の汗をふいていると、小鳥屋の主人が階段の上り口から顔を出して、「お客さんですよ」と言った。

気軽に立って階段を降りてみると、店先の電光の下に光子が立っていた。

「御加減はいかがですか」

少し首をかしげて言った。眉根が、気遣わしげに寄っている。

有光は、光子の無心な表情を見守った。

「わずかですが、ぜひ受取っていただきたいんです。私の気持がすみません」

光子は、有光の顔をすがりつくような眼をして見上げながら、紙包みをさし出した。

有光は、鼻先で笑うとゆっくり階段を上った。気持がいらいらとして落着かなかった。

憤りが充満して、思いきりサンドバッグを叩きつづけたい衝動に駆られた。妻を代りにさし向けて安易に収拾しようとしている北尾の気持がやりきれなかった。

今井が呻き出した。地の底にひびくような低い呻き声だった。痛みのための呻き声ではなく、北尾に殴られつづけた口惜しさを思い出して呻いているのだ。

有光は、拳をにぎりしめて畳の上に坐っていたが、急に立ち上ると、階段を荒々しくおりた。店先には、すでに光子の姿はなかった。

有光は、下駄を突っかけて外へ出ると、足早に通りを土手の方向に急いだ。河にそって、土手が弧を描いて黒々と伸びている。左手には街の灯が山裾までつづいている。一面に土手をおおっている草に、街の明りがほのかにさしていた。

有光は、土手の上を駈けた。なぜ、むきになって駈けているのか、かれ自身にもはっきりとした意識はなかった。ただ有光は、自分の憤りを表現したかった。怒りが光子には十分に通じていないらしい。光子の持って来た金を受取らないということには、強い憤りがこめられているのだが、それが光子にはつたわっていない。

ようやく人気のない黒い土手の上にほの白いものが見えてきた。有光は、それが光子だということを見とどけると、駈けることをやめて足早にその後を追った。汗の湧いた肌が、川を渡る風に冷えびえとして快かった。

ほの白いものは、少し伏目になったままの姿勢で振向く気配はない。暗い人気のない土手の上を歩くことに不安を感じているのか、その後ろ姿には、おびえたこわばりがはりついている。

有光は、荒々しく光子の後ろに近づくと、無造作にその肩に手を掛けた。恐怖で目を露出した光子の顔が振向いた。光子は、有光の顔をまじまじと見つめた。

有光は、肩で荒い息をしていた。光子の眼が少し柔らいだ。有光は、苛立った。この女に怒りは通じない。光子の濁りのない善良さにさえぎられて、有光の怒りが光子の心の中には浸透して行かないのだ。

有光は、光子の肩を両手でかたくつかんだ。彼女は、妙に無心な明るい眼で有光を見つめている。

有光は、光子の肩を押しやった。土手の川ふちにおりる斜面は急だった。光子はなんのさからう素振りもみせず土手をおりて行く。

かれは、荒々しく光子の体を抱いた。光子の口から呻き声が湧き、その指がかれの肩をきつくつかんだ。かれに罪の意識はなかった。

翌日、光子は、また店先の電灯の下に立った。

「私の気持がすみませんから……」

光子の表情には、前日と異なったものは全く見あたらなかった。

有光はぼんやりと二階へ上ったが、しばらくして階下へおりると外へ出た。土手に上ると、下駄を鳴らして駈け出した。

光子は、有光のくるのを待っていたように立ちどまり振返った。川ふちの草の上に寝かされても、少し眼をそらせているだけでさからう風も見られない。ただ、わずかに頰を染めて唇をかんでいるだけであった。

有光の体が離れても、しばらくは眼を薄くあけて身じろぎもしない。かすかにつたわってくる川の流れの音にじっと耳を傾けていた。やがて、光子は立ち上り身仕舞をした。羞じらった風もない淡々とした仕種であった。

土手に上ると、光子は黙って頭を下げ、少し伏目になって内股加減の足取りで土手の上を遠ざかって行った。

こんなことが何度かつづいたある夜、土手をおりかけた有光は、土手の上をだれかが小走りに歩いてくる気配に気づいて光子の肩を抑え、土手の草の上に坐って人影をやり過そうとした。

急にうわずった声がしたので、有光は土手の上を振り仰いだ。夜空を背に、人影が土手の上に立っている。

有光は立ち上り、土手の傾斜を上って行った。

「きさまは……」

声が、不安定なほど震えている。眼は血走り、口もとが痙攣している。

北尾は、別人のような動揺した表情をしていた。平生の北尾の尖鋭な精悍さはかげをひそめ、取り乱したその顔つきはひどく愚かなものにすら見えた。

有光は、表情も変えずに北尾の前に無造作に立った。

北尾の拳が、有光の顎を打った。有光は膝をついた。が、有光は北尾の打撃が、いつもとは異なって散漫で、弱々しいのを感じた。

有光は、膝をついたまま北尾の顔を眺めた。

光子は、土手の中途に立ちながら二人の姿を見つめていた。

五

北尾の死後、有光がもしも、光子との関係を外部にもらしたとしたら、ジャーナリズムは、おそらく北尾、光子、有光の関係にメスを入れて、妻の不倫による北尾の苦悩を拡大して自殺の主要な原因としたにちがいなかった。しかし、有光の言はなくとも、北尾の死が自殺にちがいないということは、いつの間にか定説に似たものになっていた。

ある著名なボクシングライターは、初めから自殺説を唱えていた。そのライターは、言下にこういう結論をくだしていた。

——北尾は、自殺さ。ボクサーなんて、最も気の弱い人種でね。孤独で、人が善くって……。みたまえ、リングの上で試合をしている選手の姿を。多くの人間にかこまれて弥次られながら、リングの上にあがって相手と二人きりで闘っている姿を。淋しい姿じゃないか。

北尾が、よくリングの上で笑い顔を見せたのも、気の弱さからだったんだよ。照れかくしの笑いなんだ。それでも、ずっと勝ちつづけてきたから、まだ北尾は救われていたんだ。連続K・O勝ちだったからね。

ボクシングは、負けちゃあいけないよ、絶対に……。片方は、リングの上で勝ち誇って立っているし、片方は、マットの上で倒れているんだからね。いつも相手をマットの上に倒していた北尾のことだから、倒れている人間のみじめな憐れさは、彼が一番よく身にしみて感じていたのだ。

桑原一郎とのノンタイトルマッチ。あの時初めて相手のグローブで北尾はマットに身を横たえさせられたのだ。しかも、一発でね。北尾は、カウントが終ってからようやく人手を借りて立ち上ったが、グローブを高々とあげられた若い桑島の華やかな姿を目に焼きつかせたにちがいない。瞼は切られ血が流れて、北尾の顔は見られたものじゃなかった。そんな顔で、北尾は無理に笑いを浮べていた。みじめだった。憐れだったね。

僕も、君たちの知っているように昭和七、八年頃は連戦連勝、K・Oパンチャーとして騒がれもしたが、アメリカ帰りのまだ二十歳にもならない田代光夫に三回でK・O負けして、僕は、永久にリングから下りたんだよ。非常な衝撃でね。自殺しようとさえ思ったよ。今でもね、その時のダウンを想い出すたびに、人前にも出たくないみじめな気持になるよ。

北尾は、自殺。――僕は、まちがいないと思うよ――

北尾与一郎と桑島一郎とのノンタイトルマッチは、フィリピンの選手の保持する東洋選手権に日本のボクサーが挑戦するタイトルマッチの前におこなわれた、いわば添え物の試合だった。

勝敗は、初めから問題にされていなかった。桑島一郎は高校選手権をとってプロ入りした若い選手で、右ストレートに天性の強打が秘められていたとは言え、キャリアも乏しいし、第一、北尾の技巧の前では三回まで立っていられれば上出来、というのが一般の予想であった。北尾自身にしても、ただ軽いトレイニング程度に考えていたのである。

北尾がガウンをまとってロープをくぐっても、観客席はなんの反応もしめさなかった。

「桑島ーッ、北尾をダウンしちまえーッ」

と観客は声をあげたが、それはかえってスタジアムに白々した空気をあたえただけだった。

レフェリーに招かれ、型どおりの注意を受けている間も、桑島は、新人らしく興奮した面持で神妙に一々うなずいていた。

第一ラウンド、北尾は、すでに桑島の顔に幾度かグローブを叩きつけて、鼻血を顎にまで垂らさせていた。

第二ラウンド、北尾は、軽快なステップで桑島の打撃を空振りさせた。桑島のグローブは、北尾の体にかすることもない。北尾の体は乾いていたが、桑島の体には汗が湧いて、リングの電光に光っている。桑島のリーチは長かった。時々、左のグローブが、はやい速度で一直線に突き出されてくる。北尾は、その度に敏捷にサイドステップしてグローブを避けた。そんなことを何度も繰返しているうちに、北尾は、ふと、自分の眼が極度に冴えきっているのを感じた。突き出されてくるグローブの新しい黒光りした皮の表面に、細かい皺（しわ）が寄っているのがはっきり見てとれる。それもかすかな筋目が、一筋一筋鮮明に見えるのである。

北尾は、急に言い知れぬ愉悦をおぼえた。人に自分の視力の鋭さを誇示したい気持にとらわれはじめた。北尾の眼には、相手のグローブの皺だけしか見えなくなった。それを眼にすることが、ひどく楽しみに思えてならなかった。

第三ラウンド、ゴングが鳴って、北尾は、ゆっくりとリングの中央に出て行った。グローブの皺は、さらに一層鮮明に見えた。眼になじんだせいか、少し太くなって見えた。北尾は、珍しく桑島が打ってくると、その眼から視線をはずし、グローブの皺を見つめた。その皺に、北尾は、相手の動きを察知した。平生よりも、北尾は、自分の勘が研ぎ澄まされているのを感じた。グローブの伸びきってとまる位置、そしてその速度が、グローブの皺を見ているだけで寸毫の狂いもなく察知できる。

しかし、そうしているうちに、いつの間にか北尾の胸に奇妙な感情が鬱陶しく湧いてきた。それは、端的に言えば退屈という感情であった。……グローブが自分の予測どおりの位置でとまってしまう。それ以上は決して伸びてこない。試合をしている相手の動きが、そのまま北尾の神経につたわってきている。そこにスリリングなものはなにも見あたらない。

北尾は、リングの上に立っていることが、ひどくばかばかしく思えてきた。時間の浪費にも感じられた。あまり呆気ないので観客の失望を買うかも知れないが、ここらであっさりK・Oしてリングからおりよう。

北尾は、マウスピースをかみしめた。

しかし、その時、北尾の胸にある考えが閃光のようにかすめすぎた。胸が、無心におどった。そうだ、試してみよう。

——相手のグローブが突き出されてくる。自分の勘が、百の距離避けることを命令したならば、故意に九十九避けるだけにしてみよう。その場合、かすかにグローブが自分の体にふれたとしたら、自分の勘は、この上ないすぐれたものだという証拠になる。

北尾の眼は、思いつきの素晴しさに輝きを増した。

相手は、必死になって加撃してくる。眼には、焦りと疲労のかげが色濃く浮んでいる。今にもK・Oされるのではないか、という不安な光も時々かすめている。

北尾は、少し緊張しながら、わざとガードを下にさげてみた。

グローブが伸びてきた。北尾は、意識してバックステップした。が、その瞬間、北尾は、しまったと思った。自分の脚も体も、やはり勘どおりに百の距離を避けてしまった。北尾は、苛立ちをおぼえた。勘に逆らうことの出来ない自分の体が、ひどくもどかしく思えた。腑甲斐なく思えてならなかった。

北尾は、マウスピースをさらに強くかみしめた。そして、またおもむろにガードを下げた。

グローブが突き出されてきた。北尾は、必死に自分の勘にさからった。自分の脚が少しも動くことのないようにつとめてみた。

グローブの皺が伸びてきた。それは、不思議なほど太い幹のようにひろがった。眼にその幹が強引に飛び込んできた。

リングの上に輝いている電光が、眩しく眼に入ってきた。腰がマットにつく感触が、はっきりとわかった。

頭はしびれてしまったが、なぜかひどく気持がよかった。陶酔感に近いものだった。

北尾は、もうろうとした意識の中で、自分の勘にさからったことが自分を見事にダウンさせてしまったことを知り、しきりに笑いが湧いてくるのを感じていた。

北尾は、自分が立ち上ったことも知らなかった。ただ、人が、自分の眼の前に立っているのがおぼろ気ながらわかっただけだった。

富岡に抱かれているのにやっと気づいた。観客の声が、鈍い響きになってきこえていた。フラッシュが閃いている。

北尾は、リングの四囲に、四回戦ボーイのように子供っぽく腰を折ってお辞儀をした。

控室に入ると、報道関係者にとりかこまれた。北尾は、眼を輝かせながらただ笑っているだけだった。富岡は、北尾の身仕度をそうそうにすまさせ、出口の方へ抱えて連れて行った。自動車に乗せられても、北尾の眼からは笑いの色が消えなかった。

富岡は、時々北尾の瞼の割れ目を指先で気遣わし気にさわっていた。

瞼の傷は思ったより浅かったが、眼科医に網膜がわずかに剝離していることをきかされた時、北尾は、自分の遊戯にも似た試みの代価があまりにも大きすぎたことに苦笑した。富岡の沈鬱な表情を眼にする度に——わざと自分の勘にさからったんだ、百を九十九にしたまでなんだ——、と笑いながら打明けたい衝動に駆られもした。が、どうせそんなことを口にしても理解されるわけがない、という気持が先に立って、北尾は、富岡の表情を可笑しそうな眼で眺めていた。

新聞には、性急にも北尾の凋落を予想する記事もあったが、北尾はただ苦笑しているだけだった。

六

北尾の練習度は、日増しに激しさを増していた。眼は、時々かすむことはあったが、医師の診断では、徐々にではあったが快方にむかっていると断言してくれていた。

北尾の練習の激しさは、クラブの者の眼をみはらせるほど徹底したものであった。その原因をクラブの者は、桑島にK・O負けしたためと思い込んでいた。

しかし、北尾には、むろんそんな意識はなかった。むしろ、桑島との試合で自分にかぎりない自信をいだくようになっていた。

北尾の胸には、始終妻と有光とのことが去来していた。その度に胸が焼けただれるような苛立ちをおぼえ、それが、過激な練習となってあらわれていたのだ。

あの夜、家に光子を連れ帰った北尾は、思いきり頬を打った。光子は鏡台に体を打ちつけて、割れたガラスで手を切った。

その時の打撃で、光子の眼の下と右頬には青い痣が一面にひろがり、それが消えずに残っている。神経が切れてしまったのか、時々右の口端がひきつれ痙攣していた。

北尾は、家に帰っても黙々と食事をし、そうそうに寝につく。その癖、夜明けに光子をののしりながら乱暴に体を抱くこともあった。

光子は、その度に唇をきつくかんで北尾のなすままにしていた。


山にかこまれたこの町の秋の季節感は、四季のうちでも最も色濃く訪れてくる。

山肌は、色づいた葉でおおわれ、町中を流れている川の水も、そのまま山奥の秋色を運びこんできたようにひときわ澄んで流れた。

町の空気も、一日一日と冷えていった。

北尾は、朝と夕方ジャケットに上半身をつつみ、山の方向にむかって軽いステップを踏んで駈けた。町はずれから山路にかかると、空気が一段と澄んでくる。身の引き締まる爽やかさであった。

世界チャンピオンの座についているメキシコ人ボクサーに挑戦するために、一人山道を登って練習しているという意識が、北尾に野心にみちた緊張感をあたえた。坂道も、落着いた湿りの色をみせている。両側の林にも、秋らしいたたずまいがあった。

北尾のロードワークの時間は常に暗さがつきまとう。朝起きて道路を走り出す時には、まだ路上は暗い。坂を駈け登って山の峠にかかった頃、ようやく町の屋根屋根に炊煙が立ち昇りはじめるのが見えてくる。

夕方は、逆に峠に達して坂を中途まで下りかけた頃、四囲が暮れはじめる。町に入ると、すでにちらほらと家並に灯がともっているのが常であった。

その日は、秋晴れの爽やかな一日であった。北尾は、夕方いつもと同じ時刻に町はずれから坂の傾斜にかかった。林の中は落葉がしきりで、道の上にも枯葉が舞っている所もあった。

日はすでに傾き、西日が林の中の空間を斜めに截ってていた。

坂は幾曲りかして鉄橋のへりに達し、そこから路は峠にまでつづいている。

西日を背に道を駈け上ってきた北尾は、鉄橋の中央部あたりから対岸にかけて夕照が華やかにあふれているのを眼にして思わず足をとめた。西日に輝いている鉄橋がひどく美しいものに見えた。

北尾は、ふと、土手を上る気になった。かすかに枯草の生えた登り道があった。

その道を上ると、北尾は、なんとなく片足を光ったレールの上に置いた。うっすら浮んだ額の汗が、冷えびえと意識された。

北尾は、初めて見るように鉄橋をながめた。タラバ蟹（がに）の足に似た鉄骨がひどく無骨なものに感じられた。が、同時にそれは、美しい幾何学模様を整然とえがく秩序立った鉄材の組合わせにも見えた。

遠くから眼にしていた鉄橋は、山あいに架けられた細々とした橋に見えたが、眼前に伸びるその鉄橋には、激しい力感があった。大きな鋲（びょう）を西日に浮き立たせ、巨大な体を対岸の山肌に食い込ませているその構造物には、純粋な力学的な意図が露骨に表現されている。西日のあたった鉄骨は、少し黄金色に光って徐々に小さく相似形につらなって向う岸に達している。

北尾は、鉄橋のレールを見つめ、その直線性に心がひかれた。名工の手になった新しい檜作り（ひのきづくり）の長い廊下のようにも錯覚された。

北尾の耳に、かすかに汽車の警笛がきこえた。

北尾は、この廊下を驀進（ばくしん）してくる列車の姿を想像した。煙を後ろに激しくなびかせ、黒色の機関車の正面が、正面だけのように平面的に鉄橋にひろがって近づいてくる。それは、鉄骨に調和した逞しい姿に見えるだろう。

警笛が、少し近づいてきこえた。

北尾は山肌にそって伸びている線路の方に眼を向けた。そのあたり一帯にも、西日が眩ゆくあたっている。紅葉はほとんど枯れ、ところどころに樹の幹が露出してみえる。

唐突に黒い機関車が、山肌の蔭からやや車体をかしげて現われた。夕映えに客車の窓が輝きながらつづいてくる。

北尾は、眼を細めて列車を見つめた。

列車は、従順に山肌にそって弧を描いて動いている。

北尾の瞳がこわばった。自分の視神経に疑いをおぼえた。列車は、北尾の位置から千七、八百メートル離れている。それにもかかわらず、黒い機関車の最前部に鋳込まれた真鍮製の×××××という記号が、北尾の眼にはっきりと見えている。夕照に映えているとはいえ、あまりの文字の鮮明さに、北尾は異様な印象をおぼえた。

北尾は、眼をこらしてその文字を見つめた。油煙にくすんだ部分までが鮮明に見える。桑島のグローブの皺の筋目が思い起された。自分の眼は、人間ばなれした異様な発達をしているのだろうか。長い間のボクシング生活の修練で、自分の眼はきたえられ、尖鋭度を増しているのかも知れぬ。

北尾の胸に、奢った感情が湧いてきた。今までわずかに対象物をにじませていた網膜剝離も、完全に快癒しているらしい。

四肢の引き締まる歓喜をおぼえた。

自分の勘は、神秘的なものにまでたかめられているのかも知れない。桑島との試合で百を九十九にしたことから打撃をうけて昏倒してしまったが、K・Oされたことは、むしろ、自分の勘の卓抜した優秀性を立証したことになる。百分の一、そこに自分のボクサーとしての生命が秘められているのだ。

北尾は、山肌を弧を描きながら進んでくる機関車を見つめた。文字をはっきり浮き出した機関車の前部が、皺をきざませた桑島のグローブとかさなり合った。

脚が、緊張感で痙攣した。

北尾は、いつの間にか自然と機関車の速度を計測しはじめていた。距離はかなりあったが、そのスピードは北尾の眼に正確に把握された。

鼓動がたかまった。しかし、かれは自分が異様なほど冷静であるのを意識していた。

北尾は、いつの間にか二本のレールの間に足をふみ入れていた。体をやや前へ傾け、眼は機関車の姿を食い入るように見つめていた。

ふと、北尾は、自分がこれからなにをしようとしているのかに気づいてぎくりとした。しかし、おびえの気持は湧いてこなかった。百分の一に自分の勘を賭けてみよう、と思った。かれの胸は、激しい興奮でたかぶった。

列車は、黒煙を山肌に振りかけながら動いてくる。

北尾は、レールのつぎ目を鳴らす車輪の音を精確にききとった。列車との距離を測った。

北尾は、はやる心をおさえてじっと待った。遅すぎてもいけない。早すぎてもいけない。

自分の体が鉄橋を渡りきったその瞬間に、列車は、鉄橋に第一車輪をかけねば意味がない。

レールを鳴らす音が、一層近づいてきた。

今だ！　北尾は枕木を蹴った。北尾の眼の前には、レールと枕木が一直線に伸びている。北尾は、山腹を進んでくる機関車の文字を見つめつづけて駈けた。

川瀬の音が、足もとから冷えた空気とともに吹き上ってくる。巨大な鉄骨が後へ後へと倒れてゆく。機関車の正面に打たれた鋲が、油煙にくすんでいるのも見える。文字が次第に近づいてきた。

鉄橋の中途から、まばゆい夕映えの中に入った。短い北尾の頭髪に、背に、西日が華やかにあたった。炎のように燃えてみえた。

北尾の脚は、正確な歩度で枕木を蹴って進んだ。列車は、曲って進むことをいつの間にかやめて、ただ鉄橋を渡るためのみのように鉄橋にむかって真直ぐに進んでいる。

あたりの空気を破るすさまじい警笛の音がひびきわたった。北尾の眼の前には、巨きな機関車の正面だけが見えた。文字が、不思議なほど逞しく太くなった。

北尾の脚は、的確に動いた。あと鉄骨が二本を残すだけになった。北尾の耳に驀進する列車の轟音が充満した。

北尾は、唇をかみしめた。鉄橋のたもとの枯れ草が、視線のはしにみえた。機関車に押された空気が顔に吹きつけられてくるのが感じられた。生温かい空気だった。

北尾は、最後の枕木を思いきり蹴って、視野一杯にひろがった鉄塊をさけて横にとんだ。足の裏が、確実に枯れ草の上におりたように思った。枯れた茎のかすかに折れる感触を、足の裏にはっきりと感じた。同時に、頭の中には、おびただしい乾いた砂礫がひしめきながら食い込んでくるのを感じていた。

列車の突然の急ブレーキで、乗客たちはよろめいた。かれらは、腹立たしそうな表情で互いに顔を見合わせた。

一人の若い男が窓をあけ、それにつられて他の乗客たちも競って窓を押し上げた。列車の窓には、乗客の顔が鈴なりになった。

機関車は、鉄橋の中央部で静かに息をついているように煙を吐いている。列車の前部と後部から、機関士と車掌がとび降りた。車掌が機関車の方へ走り、機関士となにか話し合いながら、しきりに車体の下をのぞき込んでいた。

事故の内容を知らされない乗客たちは、窓から首を出しているだけであった。

やがて、機関室から首を出していた若い機関服を着た男が線路の上に降り立ち、車掌の話にしきりにうなずいていたが、背を向けると鉄橋を渡り、線路を駈けてゆくのがみえた。

乗客たちは、退屈しはじめた。席に坐り直したり、あらためて窓外に眼を向けたりしていた。そこが鉄橋の上であるということにようやく気づき、白い川筋を見下ろす者もいた。

その川筋をつたって眼を伸ばすと、川下にすでに暮れかけている人家の聚落——町が眼に入った。

乗客たちは、無言で思い思いに四囲の景観を眺めた。山峡の秋らしいたたずまいが冷えびえとひろがっている。

静止した客車の中にも、川瀬の音が蕭々(しょうしょう)ときこえていた。

服喪の夏

一

門のくぐり戸を押しあけると、鈴が頭の上で鳴った。植込みの樹葉が青々としげっているので、玄関はすっかりかくれている。

清は、真新しいランドセルを肩に植込みの間の砂利道を歩いて行ったが、玄関の屋根瓦が少しみえる所までくると、思いついて足をとめた。青みをおびた小さな額に、うっすら汗がにじんでいる。

清は、庭の方に首を曲げたまましばらくたたずんでいたが、やがて、肩をよじってランドセルをはずし、道のかたわらの灌木の下にかくすと、あたりに気を配りながら家の造りにそって庭の方へまわって行った。

鬱蒼とひろがった庭の樹葉の緑が、眼いっぱいにまばゆくしみ入ってきた。

柴折戸（しおりど）をぬけると、すぐ右手に小さな鶏舎があった。清は、すばやくその金網の前に行ってしゃがみこんだ。この鶏舎へは、家に十年以上も住み込んでいる女中しか近づくことを許されていない。午後、女中は、金網の中に身を入れて二、三個の卵を拾うと、笊の中に入れて庭づたいに祖母の病室に運んでゆくのだ。

祖母は、細ぶちの眼鏡をかけて一個ずつ卵を点検すると、

「これで全部かね」と、小さく光る眼で女中の顔をうかがう。

「はい」と、女中もきまりきった返事をする。脳に欠陥のあるこの中年の女は、それだけに家事には機械のような正確さと忠実さとがあった。

稀に清が遠くから鶏舎の方を眺めでもしていると、女中は、狭い額に皺をきざませて近づき、

「卵をとったりしてはいけませんよ。わかっていますね。わかっていますね」

と、ひどく深刻な表情をして念を押す。女中は、卵拾いを祖母に一任されていることを、この上ない貴重な特権と思っているのだ。

祖母は、運ばれてきた卵を、殻の先に針で穴をあけて、その場で一個残らず吸ってしまう。鶏舎は、祖母の食欲のためだけに存在しているものであり、それだけに清さえも近寄ることは許されない場所でもあった。

が、数日前から、清は、祖母や女中の眼をぬすんで、ひそかに鶏舎の近くに身をひそめた。鶏舎の中で雛が新しくかえったからであった。

農村出身の女中が祖母に進言したものらしく、いつの間にか卵を雌鶏に抱かせはじめた。女中の姿が鶏舎のあたりでひんぱんにみられ、その動きが活潑になった。そして、ある日、清は、鶏舎の中で雛がかえったことを知った。

金網の中には、女中の手で作られた育雛箱が運びこまれていた。箱は二つに仕切られていて、境の部分に割箸ほどの細い竹の柵がはまり、奥の部屋には、雌のレグホンが神経質そうな眼を光らせて身をうずくまらせている。

柵の間隙は、小さな雛の体が通りぬけられるだけの幅しかない。雛たちは、柔かくひろげられた親鶏の羽の下から顔を出すと、柵をくぐりぬけてもう一方の砂の敷かれた広い部分に出てくる。小さな嘴で意味もなく砂地をつついたり、陽光を浴びながら体を揺らせて居眠りをしたりしている。

雛たちに共通しているのは、砂地に片腹をつけて荒い呼吸をつづけている一羽の雛に全く関心を寄せていないことであった。雛たちにとって、その傷ついた雛は、決して同情すべき同種族の生き物ではなく単なる一個の物体にすぎないらしく、稀に近づくことはあっても、陽気にその雛の体の上に飛びのったり、時折り開け閉じするその眼を嘴で素早くつついたりするだけであった。

その日の朝、清は、その雛が親鶏のたくましく張られた足にふみつけられてもがいているのを眼にした。棒ぎれを使って、すぐに雛を砂利の方に引き出したのだが、すでに雛の脚は付け根から折れていて、黄色い羽毛の中から少しの骨と少しの肉がはみ出ていた。

清は、ひそかに家の中からオキシフルを持ち出し、その個所に念入りに塗ってやった。白い泡がしきりに湧いたが、今見てみると、その部分にも砂粒がついてすっかりよごれてしまっている。

雛は、合成樹脂で細工された人工物のような嘴をあけて、澄んだ鳴声をたてている。そして、時折り眼をいからせて立ち上ろうとする。

清は、色素のうすい眉をしかめた。雛の痛みがそのまま自分の体にしみ入ってきて、腿の付け根がきつく疼く。生命力の乏しい雛は、その傷のためにこのまま悶え苦しみながら、やがて、明日の朝には体もかたくなってしまっているにちがいない。

清は、金網につかまりながら雛を見つめていた。

一羽の元気の良さそうな雛が、柵の間から一直線に近づいてきて、無造作にそのはみ出した脚の付け根の肉を執拗についばみはじめた。雛は、身をもだえて悲痛な鳴声をあげたが、その執拗な動作は一向にやむ気配はなかった。

腿の付け根がはげしく疼き、体中が熱くなった。清は、無意識に金網の中に体を入れ、育雛箱の遊び場にのせられたガラス板をずらすと、中に手をさし込んだ。雌鶏が、中腰になっておびえ羽をふるわせた。

清は、腹ばいになっている雛の体をつかんだ。羽毛がなめらかに掌に感じられ、その下から雛の体の温かみがつたわってきた。

清は、雛をにぎって金網の外へ出た。雛は、清の掌の中で安息したらしくうすく眼を閉じ、低い声で鳴きつづけている。しばらく清は雛の体を見つめていたが、やがて、思い決して指先で雛の頭を持つと、ゆっくりとねじった。頭が一回転し、また前向きの位置にもどった。輪郭のあざやかな眼が、痙攣しながら徐々に閉じられ、少し冷たい蹴爪の先端が、清の手首に脈搏のように小刻みにあたった。開いた嘴からは、粗い橙色の舌がまっすぐに突き出てきた。

清は、小さな歯で唇をかんでいた。

雛の体は、掌の上でやわらかに横たわった。その羽毛の体のぬくみは、いつまでたっても消えずに残っていた。


清は、その雛を自分の部屋の机の抽出しに横たえた。眼は閉じ首は垂れていたが、死骸という概念からは程遠く、生毛は常に体のぬくみを秘めて温かそうにみえ、あめ色の脚も嘴も艶々とした光沢があった。

清は、雛の体に指先をふれさせては、その感触をたのしんでいた。貴重な物を手中にした満ち足りた気分であった。が、翌日、学校から帰って抽出しをあけた清は、やはり雛は死んだのだということを実感として感じとった。雛の体は、朝、出がけに見たままの姿勢で横たわってはいたが、羽毛には生気が失われ、閉じられた瞼の周辺にもかたさがこびりついていた。それに、体は突っぱったまま硬直し、かすかな屍臭もただよい出ていた。

清は、うつろな気分になって雛の体をみつめていたが、その死骸の処置を思い浮べると、表情も徐々に明るさを増した。

葬ってあげるのだ……、清は、胸の中でつぶやきながら、菓子折の空箱をさがして解体すると、細長い木のきれはしにクレヨンでヒナのおはかと書き、色を丁寧に塗りつけた。そして、雛の体をズボンのポケットにひそませると、広い庭の隅の百日紅（さるすべり）の根もとに歩いて行った。

その一郭には、清の秘密の墓地があって、昆虫や小動物の名をしるしたおびただしい木片の墓標が、密生している茸（きのこ）の群れのように、根をふくんだ土の起伏に従順にしたがって少し傾き加減にならべられていた。

小さな穴を掘り、そこに雛を埋めると、清は木片をつき立てた。鳥類のものははじめてで、それにお墓がまた一つふえたことが、清を上機嫌にさせた。

ふと、鈴が遠くで鳴っているのに気づき、ふり向いてみると、部屋で祖母が寝たままこちらに顔を向けて鈴を振っているのがみえた。

清は、顔色を変えた。祖母は、母屋（おもや）から自分の姿をじっと観察していたのだろうか。鶏舎に近づくことすら禁じられているというのに、雛を殺し埋葬したことを知られたらどのようなきびしい叱責を受けるだろう。それに、小動物の死骸を埋めた墓地を清がひそかに作り上げていたことも、不吉な行為として祖母を憤らせるかもしれなかった。

清は、唇をふるわせながら百日紅の下をはなれると、母屋の方へ小走りに歩いて行った。膝頭がすっかり萎（な）えてしまっているのを意識しながら高い縁側に上り、朱房のついた簾（すだれ）に手をふれて、恐るおそる病室に足をふみ入れた。

祖母は、半身を起すと、三枚重ねの敷きぶとんの下を手でさぐった。

「これを持ってお行き」

祖母の白い柔かそうな指に、黒い帳面がつままれていた。

鈴の音は、この用事のためだったのか。清は、体中に急に温湯のひろがるような安堵をおぼえながら帳面を受けとった。祖母は、つぶらな眼をみはって清の顔を一瞥（いちべつ）すると、それきりなにも言わず、向うむきに横になった。

清は、縁側から庭におり、靴をはいて家にそって曲った。飛石が、家の裏手の方へ曲りながらつづいている。庭の手入れもここまでは手がまわらず、庭樹も思いのままに枝葉を伸ばしている。清は、その下をくぐりながら飛石を拾っていった。

飛石が絶えて、しばらく雑草の生い繁った路をゆくと、妙にしめっぽい高い石塀の内側に突きあたった。塀にトタン板がさしかけられ、その下に薪や古びた乳母車などが雑然と積みかさねられている。そこを右に曲ると、以前女中部屋の一つだった部屋のガラス戸の脇に木の表札がかけられているのが見えた。

清は、たてつけの悪いガラス戸をあけた。まばゆい外光になれた眼には、二坪ほどの土間はほとんど闇に近い暗さだった。

清は、土間に入り、柱のかげから部屋の中をのぞいた。暗闇の中に、けばけばしい色をしたものが眼いっぱいに入ってきた。それは樹脂製の安手のお面の色彩で、六畳ほどの部屋に所せまいまでにひろげられている。

お面のひろがる中央の空間に、ひどく痩せた女の子が、三十歳ぐらいの色白の女に寄りそって坐っていた。女の子は、うつろな表情をして女の体によりかかっていたが、清と眼が合うと白い歯を見せた。

「これ」

清は、敷居に手をつき、思いきり手をのばしてお面の山の上に帳面をのせた。

女は、絵筆を皿のふちに置き、かたわらのお面を押しやって少しの空間をつくると、その下から布製の財布をとり出した。そして、紙幣を幾枚か念入りに数えると、体をのばして清の手のとどく所に置いた。それきり女は、清のことも忘れたらしくまた絵筆をとった。膝もとの安絵具の入った皿に筆の先端をふれさせては、白けたお面に彩色してゆく。表情には、物憂い疲労の色が濃くしみ出ていたが、筆の動きには手なれた素早さがあった。

清の顔を見つめていた女の子が、お面の山のすき間を巧みにふんで、清の前に立ってきた。

　女の筆の動きを飽きる風もなく見守っていた清は、女の子の顔を見上げて敷居からはなれ、ガラス戸をあけた。女の子は、下駄をさぐって土間に下り立つと、床の下から巻いてあるござをひき出してきた。

　清は、庭に出ると、草の生いしげった細い路をつたって庭の奥に葉をひろげている青桐の方へ進んだ。女の子は、ござをかかえて、その後ろから伏目になってしたがった。

　雑草の茂みがきれて、その部分だけ刈りこんだような野芝の生えた空間があった。中央に青桐のなめらかな幹がみえ、木の下には葉の色をそのまま淡く落した日かげがあった。

女の子は、きびきびとござをその下にひろげた。

　清は、ござの上に靴をぬいで上りかけたが、右手につかんだ紙幣のはさまった帳面に気づくと、かすかに狼狽の色をみせ、また靴をはいて帳面をにぎりしめ、木の間を縫って母屋の方へ駈けて行った。

二

　女の子は、とき子といった。手足がひどく細く、色も黒くて、眼だけが闇の中から人をうかがうように光っていた。

　清ととき子は、ござを敷いてしばしば木の下でままごとをして遊んだ。

「お婆ちゃん、まだ死なない？」

とき子は、清に会うと、必ず一度は軽い挨拶のように清の顔をうかがいながら言う。

「まだだよ」

清も、無心に答えるのが常であった。

「坊ちゃん、あの子は、ヌスットの子だから遊んじゃいけませんよ」

と、女中は、いつも唇をゆがめながら眼をいからせて言う。邸の一部にとき子の家族が住みついてはなれないことが、女中には腹立たしいらしく、庭の枯枝を無断で薪用に集めたといっては、すぐにとき子の家にどなり込んでゆく。女中にとって、邸は自分の管理する一つの城であり、また祖母の、とき子の家族に対する嫌悪感をそのまま無批判に受けついでいる傾きがあった。

女中がとき子の家に興奮して出向いて行っても、とき子の母親は、

「あんたは、頭がおかしいんだからね、相手にはならないよ」

と言って、女中の甲高い声がつづいても、黙って絵筆をうごかしている。その平然としたとき子の母親の表情は、清の幼い眼にも一種の威厳にみちたものにうつり、女中の苛立った表情に小気味よさをおぼえると同時に蔑(さげす)みをも感じていた。

清は、女中の眼をぬすんで、とき子の部屋に遊びにゆく。とき子の父親は、額の少し禿げあがった、歯にプラチナを光らせた男で、いつも古びた自転車をひいては裏木戸から帰

ってくる。土地・家屋の周旋屋を渡り歩くブローカーをしていて、その顔には焦りの色がしみつき、体全体からも街の埃っぽいにおいがしていた。

「あの婆さんからすれば、お前は実の姪なんだぜ。掃除もろくにできないほどあんなに部屋がたくさんあるのに、間代をおれたちからきちんきちんと取り上げるなんて、血のつづいた人間のすることじゃねえよ」

男は、黙然と筆を動かしている妻にそんな愚痴を言ったりする。

初めの頃、男は、祖母の機嫌をとろうとして母屋にやってきたり、妻に指示して野菜や果物などを持って行かせたりしていたが、その度に祖母に冷たくあしらわれ、結局、今では祖母のもとに顔を出すこともなくなっている。実の姪であるのは事実なのだが、祖母は、とき子の母をその貧しさ故に忌み嫌っている。

とき子の母は、そうした祖母の態度を別に気にもかけていないらしいが、男は、それが腹立たしいらしく、とき子の母の平静さをなじると同時に祖母の冷たさを露骨に責める。

男は、清に自分たちの会話をきかれることを警戒しているらしかったが、いつの間にか清の存在を無視して、自由に話している。清が祖父のことをいつの間にか知ったのも、この男の口からであった。

……清の祖父は、関東大震災の折に、深夜、布袋を手に焼跡をしのび歩き、焼死体をひっくりかえしては死人の指にはまった金の指輪を指ごと切りとって家に持ち帰った。それまで小さな履物屋をやっていた祖父は、その金を処分しておびただしい木材を買いあさり、それを売りさばいて震災後の建築資材高騰の波に巧みに乗って、またたくまに富をきずいたのだという。

「そんな悪どいことをして作り上げた財産なんだ。罪ほろぼしのためにも、身内の面倒ぐらいみてくれたってよさそうなものじゃないか」

男は、いつも濡れている唇をいまいましそうにゆがめていた。

ある日の夕方近く、清は、とき子の父親が、革ジャンパーを着た中年の小太りの男と庭を見まわしているのに気がついた。とき子の父親は樹の中に入りこんで、あたりをはばかる眼をして庭の奥の方を指さしたり家の瓦を見上げたりしながら、革ジャンパーの男にしきりになにか説明していた。

清がとき子の部屋にいって、お面の彩色をながめていると、ガラス戸がひらいて男たちが入ってきた。とき子の父親は、先に部屋へ上るとお面を部屋の隅に押しやり、うすい座ぶとんを押し入れから取り出した。

とき子の母親は、無言で茶をいれに土間におりた。

「すると、その婆さんは、あんたの奥さんの実の伯母さんというわけだね」

男は、丸みのある膝を組んで坐るとすぐに言った。

父親は、少し誇らしげな笑いを顔に浮べると軽くうなずいた。

「しかし、ものになるのかね。あんたの言うとおりそう簡単にはゆかないぜ」

男は、疑わしそうな眼をして父親を見た。

「ですから、その伯母が寝たっきりで、そう長くもなさそうなんですよ」

「だけどさ、ほかの親類が言うことをきくものか」

男は、薄笑いしながら煙草を取り出した。

「それがですね、近い親類というのは、まちがいなく私たち夫婦だけなんですよ。ですから、その伯母の身内というのは、さきほどもお話ししましたように、伯母の孫と私たち大婦きりなんですよ」

「その孫というのが問題さ」

「それは大丈夫なんです。それは、ほら、あの子なんですよ」

父親が、清の方を指さした。

清は、部屋の隅でとき子とお面を積木遊びの材料にして高く積んでいたが、とき子の父親と男の視線が自分に注がれているのを意識すると、かすかに顔をあからめた。

小太りの男は、ぎくりとした眼で清の姿を見つめ、父親の顔を見上げた。その視線の意味に気づいた父親は、わざとらしい笑顔をみせると、

「いや、大丈夫なんですよ。なにを話してもかまわないんです。うちの子のようなものなんですから……」

と、言った。

「事情を話さないとおわかりにならないでしょうが、その伯母というのが、この男の子のことをひどくきらっていましてね。生れてから、孫だというのに一度も抱いたことがないというんですから。……愚かな息子がいましてね、つまり、この子の父親なんですが、嫁をもらいましてね、郷里の或る寺の娘なんです。大人しい女でしたが、一月ほどして、女は実家へ帰ってしまったんです。なにしろ初夜の晩からずっと伯母が息子夫婦につききりで、部屋に三人一緒になって寝るんだそうですから……。むろん、夫婦の交りなんかめったにさせないんだそうです。すぐに引きもどされましたが、その後も女は、何度実家へ逃げ帰ったか知れません。貧乏寺なので、経済的な打算もあったのでしょう、その度に実家の両親から帰されましてね。が、とうとう女は、首をくくりましたよ。この子が生れて三、四年してからでしたが……。その女の血がこの子に入っているというんで、伯母は、この子のことをひどく薄気味悪く思っているんですよ」

父親の声は、真剣味をおびはじめていた。それに相槌をうっている男は、時々、清の方に視線を走らせていた。

清は、一心にお面の山を積み上げていたが、自分とは全く無関係な話としか感じられなかった。ただ、自分の家のことをとき子の父親が男に熱心に話していることが、なんとなく少し得意であった。

清にとって、母親の記憶は全くといっていいほどなかったが、父親のことはかなりはっきりと記憶している。が、それも、一般的な父親という概念からは遠いもので、脾弱(ひよわ)い一人の男という印象が残っているにすぎない。眉毛のひどく毛ば立った父は、夏でも祖母に白い繃帯を首に時々巻いてもらっては、縁側で籐椅子にもたれ、一日中ぼんやりと時をすごしていた。いつもうつろな表情をしていたが、色素の乏しい顔に笑いが浮ぶと、おびただしい皺が皮膚に走って白けた歯列がむき出しになり、乾ききった老人の顔になった。

清は、庭先で遊んでいる自分の姿を縁側から遠くながめている父親の視線に気づいたこともあった。が、その眼にも、なにか石や樹でもながめているのと同じ弱々しい光しか浮んでいなかった。

「その息子のことを、伯母はおかしいほど大事にしましてね」

とき子の父親は、話に興をそそられたらしい男に、ある一挿話を口にした。

終戦前、この広大な邸に憲兵がやってきて徹底した家宅捜索をした。徴兵検査にさだめられた日に、清の父親が姿を見せなかったためであった。隣近所の人々や出入りの者たちから異常なまでの息子に対する溺愛を聞きこんでいた憲兵たちは、母親が息子を逃亡させたにちがいないと判断し、祖母をおどし、ほとんど拷問に近い方法で口を割らせようとした。が、祖母は、息子が徴兵検査をうけにゆくといって出たまま帰らない、と繰返すだけだったという。

「きびしい家宅捜索でしたよ。出入りの者も女中もおどかされて、知合いの家までそのとばっちりを受けましたからね。そうでしょう、戦争の真最中でしたからね。そんなことが、終戦直前までつづけられたそうですよ。……ところが、私が大陸から帰還してきて一年ぐらいした頃でしょうか、その息子が、黒眼鏡をかけて縁側の籐椅子に坐って日なたぼっこをしているんですよ。豆もやしのような青い手足をしてね。びっくりしましたよ。どこにどうかくれていたのか、今もって見当もつきませんよ」

男は、煙草の灰を落すことも忘れて聴きいっていた。

「それから、嫁をもらったんだね」

「そうなんです。結婚式もなにもない妙なものでしたがね。ただ、息子は嫁をひどく気に入っていたらしいんですよ。籐椅子の所へお茶でも持ってゆくと、すぐに抱きついてはなさなかったそうですから」

「それでこの子が生れたというわけか」

顔をこわばらせていた男は、はじめて表情をくずすと、妙に子供っぽい小さな眼に笑いを見せた。

とき子の父親は、男に煙草をすすめられて受けとると、

「この子が可哀想でしてね。婆さんが死んだら、私がこの子の後見人になって将来をみてやりたいと思っているんですが……」

と、しんみりした口調で言った。

「土地だけでも大したものだ。敷地だけでも三千坪以上はあるからね」

男は、煙草を口もとに持ってゆきながら薄く笑った。

「その節は、よろしくお願いしますよ」

とき子の父親は、生真面目な眼をして軽く頭をさげた。

男は、微笑したまま黙っていた。

女が、立って電灯をつけた。ガラス戸に夕色がしみつきはじめていた。

「もう帰りな」

女が、清に言った。

清は立ち上り、土間におりると靴をはいた。

「おい、菓子でもやれ」

とき子の父親が、女に言った。

女は、黙ったまま茶簞笥をあけると駄菓子を一つかみつかんで、土間に立っている清に手渡した。

清は、ガラス戸をあけて外に出た。庭石をはねながら踏んでいった。庭は、西日で明るかった。

清とトき子の遊びは、ほとんど庭の中にかぎられていた。花弁でレイをつくったり、小さな木の実をあつめて数珠をつくったり、小動物の死骸を見つけては埋葬したり、広大な庭には遊ぶことに事欠くことはなかった。

庭には、さまざまな小動物がすんでいた。草色をした雨蛙、巣を営んでいる小鳥、蜻蛉（とんぼ）、てんとう虫等々。どれもこれも、清とトき子には遊びに彩りをそえる道具であった。

その遊びの中に、蝸牛（かたつむり）ごっこという遊びがあった。二人は、夜の白々明けに庭の奥にひろがる竹林へ木綿針を一本ずつ手にして出掛けてゆき、竹の表面に眼をこらす。そこには、朝露に濡れ光った蝸牛が、日の射しはじめている高みの方へ、竹の表面を錫色（すずいろ）の跡をひいて一斉に這いのぼっている。生れたばかりらしい小さな殻もみえる。その幼い蝸牛が、大きな蝸牛と寸分ちがわぬ器官と形態をそなえていることが、清の眼には、神秘的な貴重なものにみえた。

二人は、成長した蝸牛には眼もくれず、もっぱらその小さな殻に針の尖端を突き立てる。プッンという軽い、しかし歯切れのよい音が耳にふれてくる。その度に、二人は眼を見合わせて声を立てて笑い合った。爽やかな快感が体中に満ち、殻が小さければ小さいほど、その音は耳に快かった。

やがて、あたりに日がすっかりあたりはじめると、蝸牛は、次第に二人の手にとどかぬ高みへ上っていってしまう。清とトき子は、朝の陽光に輝きはじめた竹をふり仰ぎながら、満ち足りた表情でしばらくは竹林の中にたたずむのだ。

庭には、所々に芝が植えられていて、そこに木の繁りがあった。

清ととき子は、青桐の下でままごと遊びに興じる。終始さぐるような眼をした女中と二人きりで食事をし暗い四畳半で一人で寝る清にとって、とき子にかしずかれるその遊びが、この上なく贅沢な楽しい一刻に思えるのだった。

夏休みがきて、清は、毎日、とき子と桐の下ですごした。夏の陽光は強いので、清たちは、一日に三回も四回も日光の動きにつれて桐の下をござを引いて移動した。

清ととき子は、小さな貝の茶碗に入れられた花びらを食べるまねをしたり、膝をつき合わせて坐ったり、ござの上に寝ころんだりしていた。とき子は清に殊勝げに仕え、清も、とき子のなすがままに鷹揚に振舞っていた。

ある日、二人は、寝ながらこんな会話をかわした。

「早くお婆ちゃん、死なないかなあ」

とき子の声には、切なそうなひびきがあった。

「どうしてさ」

清は、意味もなく反射的につぶやいた。自分の寝ころがっている位置が桐の根に近いために、ござを通して土の凸凹が背中に感じられ、少し寝心地が悪い。

「だって、お婆ちゃんが死ねば、父ちゃんにきれいな服を買ってもらえるんだもの」

とき子の眼に、急に大人びた女らしい執着の色が浮んだ。土の匂いが、あたりにただよっている。

「ニイちゃんも、なにか買ってもらえば」

とき子が起き上って、清の顔をのぞき込んだ。

清は、仰向いたまま うなずいた。祖母と血の上で密接な関係があるかぎり、自分にも当然、祖母の死によって生じてくる恩恵を得る権利はある、と思った。

「お婆ちゃんて、なかなか死なないね」

とき子は、苛立った眼をしてつぶやいた。

清は、とき子が一心に自分に祖母のことをきいていることになんとなく誇らしさをおぼえて、

「もうすぐ死ぬさ」

と、もっともらしい口調で言った。

「ほんと?」

とき子の眼が、みひらかれた。

「ほんとさ、お婆ちゃんは、死にたい死にたいって始終言っているんだ。ぼくの死んだお父さんの所へ行きたいって……泣いて言っているのを、ぼく、何度も見ているもの」

とき子は、ひどく感心したらしく眼を光らせた。清は、とき子の凝視をうけながら桐の

梢を見上げていた。

頭の上で近々と蟬が鳴きだした。清は半身を起すと、桐の葉の間を透かして眼でさぐった。

「ニイちゃん、じゃ、もうすぐお婆ちゃん死ぬんだね」

とき子は、清の顔を見つめながら念を押した。

「そうさ」

清は、蟬の姿を眼で追うのに心を奪われていた。その視線が、ある個所に釘づけになった。桐のなめらかな太い枝の付け根に、透明な翅（はね）におおわれた蟬が、腹から尾にかけて律動的に蛇腹に似た体を伸縮させているのが眼にとまった。清は、口を少しあけ、顔をのけぞらして蟬を仰ぎみていた。

とき子は、清の視線の方向を見上げていた。が、その眼には、ただ青い青桐の葉が明るく重なっているのがみえるだけらしく、蟬の姿をとらえることはできないようだった。

三

祖母は、朝と夕方、一度ずつ病家まわりの家政婦に体を念入りにぬぐわせていた。

祖母は、うすく眼を閉じたまま一言もいわず家政婦のなすがままにしていた。

「きれいな体をしているのね」

初めてきた家政婦は、女中にそんなことを言うのが常であった。

「新しい卵の精を吸っているからね」

女中は、その度に答える。事実、寝巻をはだけた祖母の体には、卵の白身に似た不思議と淡泊な艶があった。丸みのある柔かそうな裸身であった。

祖母の眼は二重瞼で、眼をみはる時、祖母の顔には一瞬、童女に近い表情がうかぶ。目尻の皺もかすかで、その筋も洗いこまれて光ってみえた。

清は、祖母の寝ている十畳の部屋と背中合わせの、日の射すことのない四畳半に一人で寝ていた。

障子をあけると、前方に長い廊下がのびている。柱の所々に電灯がともってはいたが、電気料を節約するために豆電球しか光っていない。それも切れたまま取り替えないものもあって、暗い部分の方がはるかに多かった。

清は、夜、厠(かわや)に起きると、その長い廊下を手探りで渡ってゆく。廊下は板戸の所で突きあたり、そこから左に折れている。

清は、その曲り角までくると、習性で蜘蛛の巣のはった天井を見上げる。そこに、母の体がぶら下っていたのだ。

初めに発見したのは、清だった。清は、なぜ、母がそんな所に垂れているのかがわからなかった。廊下の暗さの中で、二つの奇妙なほど真直ぐに爪先を伸ばした白い足袋が、ひっそりと宙に浮いていた。清は、母の体をふり仰ぎながら不思議な思いで、母の爪先をいじった。その時の足袋の奇妙な硬い感触が、天井の下までくるとはっきりとした記憶になってよみがえってくる。

その曲り角を左に折れると、屈折した廊下が裏手の方へつづいている。人気の乏しい邸ではあったが、直角に廊下を曲る時、不意に誰かと顔を合わせてぶつかりそうな錯覚をおぼえることもあった。

夏、清の部屋は寝苦しかった。三方が厚い壁で、天窓もついていない。以前は、古箪笥や長持などが入れてあった納戸であったというが、それを証明して家具の形をした白さが壁にくっきりとした跡になってしみついている。

——お前はここで生れたのだ——とだれかに言われた記憶がある。事実、清は、この部屋以外に夜をすごした記憶はなく、そのためかこの部屋になにかなつかしい落着いた安らぎを感じていた。

清は、窒息でもしかねない暑さのために、深夜一、二度は目をさます。手をのばし廊下とのしきりの障子をあけると、古びた家の柱や天井のひんやりした空気が部屋の中に流れ入ってくる。清は、入れ替えられた水槽の中の水を味わう小魚さながらに、しばらくは闇の中で小さな瞳を光らせて息づいている。そして、いつか暑苦しさも忘れて眠りに入るのが常であった。

ある夜半、清は目をさました。寝巻が、汗ですっかり濡れている。障子をあけ、半ば眠りの中に入りかけながら暑苦しさでなん度も寝返りを打った。首筋の短い頭髪に、汗が粒になって光っている。なん度目かの寝返りを打った時、清は眼を開いた。

廊下をだれかが歩いている。——廊下の板をふむ音をきいたように思った。空耳か——静寂な邸内の空気が清の汗ばんだ体をつつんだ。

気のせいなのだ、清は体の緊張をといた。寝返りを打って、眼を閉じたが、すぐにまた眼を開いた。板のきしむ、かすかな音が耳にとらえられた。

夜、長い廊下をなん度も曲って厠へ渡ってゆく清は、きしんだ音のした個所が廊下のどの部分であるかを知っていた。それは、清の部屋からあまり遠くない突きあたりから左に折れた二つ目の曲り角の廊下の板であった。直角に廊下が曲っているために、音がひどく遠くからきこえてくる気がするだけなのだ。

清は、自分をつつんでいる闇を慎重にさぐってみた。闇の色は濃いが、もう夜明けなのかも知れない。女中が起きた物音なのだろうか。朝露にぬれた竹林と、とき子の顔が思い起された。まだほの暗い竹林の中では、多くの蝸牛が竹の根もとの近くに水気を光らせて触角を伸縮させているだろう。

まだ寝足りない気持はしたが、清は、床の上に起き上った。汗になま温かくぬれた体を一刻も早く朝の冷えびえした空気にふれさせたい気がしてきた。

清は、机の中から木綿針をつまみ出すと、半開きになった障子をあけて廊下に出た。廊下を突きあたって左に曲ると、壁の上方にある小さな天窓を見上げた。そこからいつもは、白々した朝の気配が廊下をかすかに明るませているのに、天窓には夜の濃い闇が黒々とはめこまれているだけだった。

清の足は、釘づけになった。板のきしみは、たしかにはっきりときいた。その板は、廊下をもう一つ曲った二枚目の板だ。

女中の厠は別にあって、その廊下を通るのは清だけだ。建築後三十年近くもたっているので、材が乾燥してはじける音をきいたことはない。清は、闇の中で身をかたくした。

ふと、視覚に或る気配がとらえられた。……立っている位置から数歩先の曲り角の廊下の板に、打水でもしたようにほんのりと明るみが流れている。そのあたりは、豆電球が二個とも切れていて最も闇の濃い場所であるはずだった。

清は、いぶかしみながら足を少しずつすって廊下を進むと、思いきって角を曲ってみた。そこには、いつもと異なった光景がひろげられていた。別の家に迷いこんでしまったような錯乱すら感じた。いつもきしむ個所の廊下の板が三枚はずされていて、長方形の空間が出来、その穴の中から淡い光が廊下の天井に立ちのぼっている。

清は、あやうくその空間に吸いこまれそうな不安にとらえられながら、恐るおそる近づくと、穴の中をのぞきこんでみた。そこに思いがけない世界がひろがっているのがみえた。

廊下のその穴から、短い階段がコンクリート造りの一坪ほどの小さな部屋の床に下りている。床にはめこまれた金庫の扉のようないかつい鉄の蓋が、上方にむかってあけられ、さらにその下にまばゆく明るい部屋がみえた。つまり地下室が二層になっていて、鉄蓋の下の部屋へは、コンクリート造りの部屋の床から頑丈そうな石段が下りている。

清は、好奇心と怖れの入りまじった眼で、廊下に顔をすりつけて鉄蓋の下にみえる明るい部屋の中を見下ろした。わずかに小さな人間の背が視線にとらえられた。細い縞の入ったその寝巻には見おぼえがあった。

祖母は、だれかと話でもしているらしい姿勢をして端坐している。しかし、声は全くきこえない。

ふと、胸によぎるものがあった。祖母は、ひとりでひそかになにかの宝物をながめているのではあるまいか。この頑丈な地下倉は、おそらく祖父が家の財をかくすためにわざわざこしらえたものであるにちがいない。それは、上段の小部屋の床にはめこまれた鉄蓋の厚さからも十分にうかがえる。

清は、子供らしい空想に胸をはずませながら、顔を動かして最下段の部屋の中をすかしてみた。その時、祖母の体が動いて、横向きになった顔がみえた。清は思わず身をひいた。祖母の眼と合ったら……急に恐怖が背筋を刺しつらぬいた。

清は、這って後ずさりすると、体の向きを変え息を殺して廊下をもどった。

部屋に入ると、障子を静かに閉めて横になった。闇の中で、今眼にしたまばゆい光の残像が白っぽい流れになっていつまでも浮んでいる。

清は、長い間、眠りにつけなかった。


清が目をさましたのは、十時頃であった。

台所へ行くと、流しで洗いものをしていた女中が振り向いた。

「今日は、寝坊したのね」

女中は、手を拭きながら食卓の脚をのばした。

清は、女中のいかつい指がきらいであった。いつも食事をむかい合って一緒にするのだが、指を眼にするだけでも食欲が失われ、それに女中が一嚙みごとに不必要なほどの咀嚼音をたてるので、清は、伏目になってそうそうに食卓からはなれてしまう。が、その日は、皿・小鉢を清の前に並べた女中が再び洗い物をはじめたので、清はのびのびとした気分で箸を動かした。

食事を終えると清は、勝手口から裏庭に出、玄関の前の砂利道を突っきると、なんということもなく鶏舎の金網の前に立ちどまった。雛が一羽欠けたことに気づかないのか、それとも自分の過失で猫にとられたとでも思っているのか、女中は別にさわぎ立てる様子もない。金網の中にはすでに育雛箱はなく、広い砂地で成長した少し白っぽい雛が砂をつついていた。鮮やかな生毛につつまれていた雛の印象はほとんど消えていて、大柄な鶏たちの嘴に追われている姿が、ひどく卑屈なみじめっぽいものに見えた。

清は、金網の前をはなれると庭の方へ歩いた。病室のいかめしい青簾がみえ、清は、その方向に視線を向けながら注意深く庭の中央を通りぬけた。厚いふとんの上に、夏掛けを腰のあたりまでかけた祖母の小さな顔がみえた。

——婆さんは、本当は病気じゃないんだ。息子が肺炎で死んでから気落ちがして横になっているだけなのだ。

とき子の父親が、いつかそんなことを言ったのを思い起した。

祖母は、医師を何度もかえている。別に悪い所はない、と診断されるたびにすぐに他の医師に乗りかえてしまうのである。今では、歩行もおぼつかないらしい老いた町医が二日置きにやってきて、聴診器をあて、消化剤をあたえては帰って行く。

とき子の父親が言っていたとおり、たしかに祖母は病気じゃないのだ。病気なら深夜、廊下を歩いて地下倉までは行けないはずだ。

庭の奥のくぼみにくると、清は、足をとめた。蟬の声が、きわだって音高くきこえてくる。気持がなんとなく落着かなかった。深夜眼にした情景は、たしかに自分の眼でみたものにちがいなかったが、祖母が病室で寝ているのをみると、夢の中の一情景ででもあったようにも思えてくる。

清は、警戒する眼で母屋の方をふり返ってみた。広い縁側の長くつづいたガラス戸に、夏の強い陽光がまばゆく反射している。飛石も白々と乾いて、水気のない柴折戸の方へ出って消えている。森閑としたうつろな静けさがひろがっていた。

清は、意を決して裏手の方へまわると、茶室に通ずる雨ざらしの縁側に上り、ほの暗い廊下を幾曲りかして、昨夜板のきしんだ廊下の個所にたどりついた。変哲もないいつもの廊下がそこにあった。

清は、天井を見上げた。たしかにその天井板には、ほのかな明りが立ちのぼっていたのだ。

足先で、きしむ個所をふんでみた。ききなれたきしみ音が、いつもとはちがった意味を持って感じられた。清は、うずくまってきしむ板に眼をこらした。異状は見られなかったが、光沢のある木の節目が、板のつぎ目に半月の形をして鈍く光っているのが眼にとまった。清は、何気なくそれにふれてみた。少し動いた。指頭で押してみると、節が浮いた。指でつまむと、他愛なくとれた。上げぶたの指をかけるくぼみに似たものが出来た。

清は、ためらいもなくそこに指をさし入れ、思いきって持ち上げてみた。一メートルほどの板が容易にはずれた。その空間に顔を押しつけ、中をのぞきこんだ。昨夜、眼にした短い階段がほの白く見えた。清は、穴の中から湧き上るひんやりした空気に急におびえを感じ、しばらく耳をすましていた。なんの物音もしないのを確かめると、もう一枚廊下の板をはずし、体をその中にすべり込ませ、足で探りながら階段をふみしめて下りた。

素足の先に、コンクリートの冷たい床がふれた。清は、そのままの姿勢で闇の中で眼をこらした。壁に小さな突起がみえた。それを押すと、豆電球が淡くともった。見まわすと、そこは昨夜見たとおりの一坪ほどの広さで、半開きにひらいていた鉄の厚い蓋はコンクリートの床にはめ込まれていた。

清は、小部屋の天井を見上げた。そこには滑車が吊されていて、滑車から垂れた鉄のロープが鉄蓋の環にむすびつけられている。物々しい光景に清はおびえを感じたが、思いきって部屋の隅にあるハンドルをにぎり、まわしてみた。ハンドルは思ったより軽く、天井の滑車もなめらかにまわって垂れたロープが強く緊張した。

ハンドルに力をこめると、ロープにひかれた鉄蓋が少しずつ上り、やがて垂直に立った。ひんやりしたかびくさい空気が、穴の中から湧き上ってきた。

清は、中をのぞいた。石段が下の地下倉へつづいている。胸の動悸がたかまり、膝頭がかすかにふるえた。

清は、そのまま中をのぞいていたが、やがて、ためらいがちに石段をおりた。滑車のある小部屋の灯は、もう足もとには達せず、石段を下りきった清は、近くの壁に眼をこらした。電灯のスウィッチらしいボタンがぼんやり見えた。

ボタンを押した。瞬間、眼もくらむ光がひろがった。内部のたたずまいが、明るく浮び上った。その明るさに心臓の貼りつくような恐怖を感じながら、清は素早く部屋の中を見まわした。

室内は、思いがけずがらんとしていた。宝物が地下倉の中に山積している……という期待は裏切られた。清は、拍子ぬけした気分で室内を見まわした。いつの間にか清の顔におびえの色が浮びはじめた。

部屋の中には、生活に必要な調度がそろっている。ベッド、ソファー、テーブル、食器、それらは倉にしまわれているような雑然とした並び方ではなく、秩序立った場所に整然と配置されている。……この部屋には、だれかが住んでいる。テーブルや家具にも埃の色はなく、部屋の隅の流しも決して乾いてはいない。

清は、立ちすくんだまま身動きもできなくなった。家具の横からでも、急に人がひょっこり出てきそうな予感がしきりにした。

不意に、清の頭にかすかな錯乱が起った。時間が急速に逆行してゆく意識が頭をもたげた。壁にかけてあるチェックの背広に少し見おぼえがあった。ベッドにかけられた毛布にも、漠としてはいたがどこかで眼にした記憶がある。

清は、少しずつ視線を移していった。ソファーの前に小さな丸テーブルがあり、清の視線は、テーブルの上に据えられた。そこには、黒い眼鏡がぽつんと置かれている。乱れた意識が、黒眼鏡を眼にしたことで、にわかに鮮明になった。

あらためて部屋の調度を見まわした。背広は、たしかに父がふだんに着ていたものに似ている。毛布も、父の常用していたものに酷似している。そして、部屋の隅に置かれている籐椅子は、父がいつも黒眼鏡をかけて広縁で日を浴びていたものにちがいなかった。

恐怖感は消えたが、気のかすむ気怠（けだる）さが体をつつみ、冷たい汗が流れるのを意識した。

清は電灯を消し、石段をのぼった。ゆっくりとハンドルをまわして鉄の蓋を下ろすと、階段をふんで廊下に上った。

板の節目をうめなおすと、膝が崩れ折れて廊下に手をついた。

四

八月も中旬になった。庭の緑はさらに濃さを増し、蟬の声は一層甲高くなった。雨の少い夏であったが、それでも時折り驟雨が庭をおそった。庭が暮れはじめると、鬱蒼とした木の繁りの下で白々と蚊柱が立った。

強い日射しのために、女中の拾う卵の個数は減った。祖母は、色白の額にうっすら汗をにじませて終日仰向いて寝ていた。少しやつれがみえて、顔がまた一段と小造りに見えた。

清は、その後、夜半、二度ほど板のきしむ音を耳にした。廊下をひそやかに渡ってゆく足音をきいたこともあった。

生活に必要な調度の整ったあの地下倉は、兵隊にとられることをおそれた祖母が、父をかくした秘密の場所なのだろう。貯蔵された食料を口にし、電球の光だけしか知らないで過した父は、日光のまばゆさに堪えられなくて、死ぬまで黒眼鏡をはなさなかったのだろう。

あの地下倉は、死んだ父の脱け殻のように父のにおいで充満している。祖母は、そのにおいにひたるためにひそかに地下倉へ下りてゆくのだ。

体に異状はないのに、一日中絶対安静の病人のように仰臥しつづけている祖母。死にたい、死にたいと突然泣き声をあげる祖母は、死んだ父のもとへゆくことを切にねがっているのかも知れない。廊下を渡ってゆくひそかな祖母の足音をかすかに耳にする度に、清は天井から垂れ下っていた母の足袋の白さを思い起していた。

八月二十二日は父の命日で、午後から中年の僧がやってきた。病室と隣り合わせの仏間に灯明がともされ、祖母はふとんの上に起き上って手を合わせていた。

僧の読経がはじまった。僧の声は太く、広い家の中に無遠慮にひびいた。手を合わせているのは、僧以外には祖母だけであった。祖母は眼を閉じ頭を垂れていた。

清は、とき子と縁の近くに立って、庭先から僧の読経に唱和する細い祖母の声をきいていた。祖母の姿が、妙に痛々しいものに映った。

音を耳にしたのは、その夜であった。きしみ音ではなかった。音としてはかすかな音であったが、今まで耳にしたことのない、邸の古い木組みにずんとひびく重い響きであった。清は、しばらくの間、闇を見つめていた。体の筋肉に、響きの余韻が残って鳴響し合っていた。

耳を澄ましてみたが、それきり物音はしなかった。一層、静寂が深まった。

清は、ふとんの上に静かに半身を起した。眼を落着きなく何度もしばたたき、立ち上ると障子をあけて廊下に足をひそかにふみ出した。顔をこわばらせて一歩一歩すり足で進んだ。廊下の角を、曲った。

清は、少しずつ首をさしのべた。廊下の板がはずされていたが、穴からは弱々しい光しか立ちのぼってはいなかった。

穴の中をのぞいてみた。地下倉の明るい部屋は見えなかった。滑車のあるコンクリートの小部屋の灯が、淡くともっているだけだった。

鉄の厚い蓋は、コンクリートの床にぴっちりとはまっていた。滑車がひとりでにはずれたらしく、蓋の環にむすばれたロープがコンクリートの床に落ちている。——重々しい響きは、鉄の蓋が勢いよくしまってしまった音だったのか、と清は思った。

清は、長い間、正方形の黒々とした鉄蓋の表面を見つめていた。一心に読経し手を合わせていた祖母の姿がよみがえった。祖母は、父の住みついた地下倉へ死ぬために入ったのではないだろうか。そう思うと、清は、不思議と落着いた気分になった。

小動物を葬る時と同じ安らいだ気分が、体の中にひろがった。死にたいと涙声で繰返していた祖母の声が、耳もとによみがえった。

清は、ゆっくりと短い階段を数段下りるとコンクリートの天井を見上げた。滑車の心棒がはずれていて、ロープは巻きついていなかった。

スウィッチを押し、電気を消した。そして、廊下に上ると板を慎重にはめ、節もうめた。もとどおりの闇の廊下になった。

清は、足音をしのばせて廊下を部屋の方にもどった。汗に濡れていた敷布が少し冷えていた。

ふとんに横たわると、清は、闇の中でしばらく眼を開け閉じしていた。が、やがて深い眠りの中に入っていった。


翌日は、朝から暑くなりそうな強い日射しが庭にひろがっていた。清は、とき子と桐の木の下でござを敷いて遊んでいた。

若い警官が、病室の前で女中と家政婦を相手に立ち話をしているのがみえた。

庭の奥を三十分ほど見まわっていた警官が、桐の木の下にいる清たちの姿をみとめて、家政婦と二人で近づいてきた。

清は、顔をあげた。

「坊や、お婆ちゃんはどこへ行ったか知らないかい」

若い警官は、腰をかがめて愛想よい口調で言った。

清は、頭を振った。

警官は、腰をのばした。

「一人で家を出て、どこかへ行ったということは考えられませんかね」

家政婦は、思案するような眼をした。

「病人といっても別に悪い所もなかったらしいですがね。……でも小用もお部屋でなさるくらいで、ほとんど起きたことはないんです。私たちも、今朝早くから、裏の御主人にもお願いしてお邸内をさがしているんですけどね」

家政婦は、表情をくもらせた。

警官は、軽くうなずきながら広々とした庭を眼をあげて気持よさそうに見渡し、

「では、一応、署に報告してきます」

と言うと、桐の木の下をはなれ、母屋の方へ家政婦と一緒に去って行った。

それから一時間ほどすると、若い警官に連れられた二人の開襟シャツを着た男たちが庭に入ってきた。とき子の両親も姿を見せ、不安そうな顔で時々病室の方を見ながら男たちとなにか話をしていた。男たちは、真剣な眼をして縁の下をのぞいたり、庭を丹念に調べたりしていた。

やがて、男たちは、とき子の父親と家政婦を連れて柴折戸の方へ歩いて行った。

「お婆ちゃん、いなくなったの？」

とき子は、門の方を見ながら言った。

「うん」

清は、無心な表情でござの上に坐っていた。


二日ほど暑い日がつづいた。

その日も、清は、とき子と桐の木の下で終日すごしていた。邸内は森閑としていて、時折り開襟シャツの男がひっそりと庭に入ってきて、汗をぬぐいながら庭の中を見渡しているのがみえるだけであった。

午後、清が桐の下で遊んでいると、急に陽がかげった。涼しい風が流れてきた。とき子が、顔をあげた。桐の葉になにかあたる音がし、清の頰に冷たいものがふれた。葉にあたる音が、勢いを強めた。

庭の奥の木立から、潮騒のような音がしてきた。そして、乾いたござの上に、点々と雨滴のしみがひろがりはじめた。

清は、立ち上った。とき子は、敏捷にござを巻いて、下駄をつっかけると家の方に走った。

軒に入ると、二人は身を寄せ合った。

庭に、大粒の雨がすさまじい音を立てて落ちてきた。庭土にも樹木の上にも飛沫があがって、たちまち庭は白く煙った。清とき子の額にも時々雨しぶきがかかった。二人は、その度に顔を手でぬぐいながら、おどけた悲鳴をあげてはしゃぎ合った。

雨脚は、不意に衰えをみせるかとみると、また、庭を白く煙らせながら一層耳を聾するばかりの音をたてて雨粒をたたきつけてくる。軒びさしからも雨水があふれ、二人の眼の前に平たい滝になって落ち、足もとの樋の口からは樋を震動させながら水が音を立てて噴き出している。

どれほどたった頃か、庭に薄い日が射しはじめ、雨の勢いが弱まった。庭の樹葉が雨粒をふりはらうように互いに葉をすり合わせていたが、日が射すと緑の色がひときわ冴えた。

「ときちゃん」

清は、ござをかかえたまま細い雨脚を見上げているとき子に言った。

とき子が清に顔を向けた。黒い小さな瞳に、かたわらの灌木の葉が凝集して映っている。

「いいことを教えてやろうか」

「なに？」

清の眼に、悪戯っぽい光がやどった。

「だれにも言わないこと。いい？」

とき子は、清の眼をみつめながらうなずいた。

清ととき子は、小さな小指をからみ合わせた。二人は、濡れた飛石の上をつたって茶室の方へ行き、筧(かけひ)の水で足を洗うと縁側に上った。とき子は、清の後から暗い廊下を黙ってついてくる。

幾つか角を曲り、立ちどまった清が膝をついて木の節を指先でつまみ廊下の板をあげると、とき子は、好奇の眼をみはって清の手もとを見つめた。

清は、階段を下りて豆電球をつけた。とき子も、顔をこわばらせておずおずと降りてきた。清は、鉄蓋のふちにしゃがんだ。

「この中に、お婆ちゃんが入っているんだ」

清は、得意げな眼をして、とき子の顔を見上げた。

とき子は、驚いて眼をみはった。

「ほんとなんだよ。いいかい、こうすると、中から音がするんだ」

重い鉄蓋で祖母のいる世界と確実に隔絶されている安心感からか、清の表情に逡巡の色はなかった。清は、無造作に小さな拳で鉄蓋の表面をたたき、すぐに耳をつけた。また、たたいた。すると、清の耳にほとんどききとれぬほどの物を掻くかすかな音が鉄の厚みをとおしてつたわってきた。

清にうながされて、とき子も耳をつけた。清が、また、たたいた。

「ね」

清は眼を輝かせて、とき子の顔をみた。

「なに？　あれ」

とき子が、顔をあげた。

「お婆ちゃんだよ。ぼくは、毎晩ここへ来てあの音をきいているんだ。お婆ちゃんは、お父さんの部屋にいるんだよ。死にに入っているんだ」

清は、上気した顔で言った。

「じゃ、お婆ちゃん、死ぬのね」

とき子は、眼を輝かせ、小さな歯列をのぞかせた。

清も、頬をゆるめた。大人たちの気づかぬ秘事を二人だけが知っていることが、無性に楽しく感じられた。

「さ、行こう」

清は、とき子に言った。

とき子は、まだ未練が残っているらしく鉄蓋を見つめていた。清は、電気を消すと、先に立って階段を上った。とき子も後について上ってきた。清は、手慣れた手つきで廊下の板をはめた。

「だれにも内緒だよ」

清は、廊下の薄暗がりの中でもう一度念を押した。二人は、事務的に小指をからみ合わせた。

清は、廊下を小走りに歩き、濡れ縁に出ると靴をはいた。少し靴の中に水が入っていたので、ぬぐと靴を逆さにした。

雨あがりの庭は、ひどく明るかった。芝生もすっかり濡れて、水をかえたばかりの水槽の青藻のような鮮やかな冴えをみせていた。

蟬が、遠近で遠慮がちに鳴きはじめている。二人は、桐の下に行った。風が渡る度に葉から雨雫が落ちた。

とき子が、膝をついてござをひろげた。雨あがりの空気が、すがすがしく感じられた。清は、明日はもうあの音はしないかも知れぬ、と思った。なぜか淋しい気持がした。

とき子は、少し笑みを顔に浮べながらござのまくれを一心にのばしていた。

少女架刑

一

呼吸がとまった瞬間から、急にあたりに立ちこめていた濃密な霧が一時に晴れ渡ったような清々(すがすが)しい空気に私はつつまれていた。

澄みきった清冽な水で全身を洗われたような、爽やかな気分であった。

私は、自分の感覚が、不思議なほど鋭く研ぎ澄まされているのに気づいていた。

家の軒から裏の家の軒にかけて、雨滴をはらんだ蜘蛛(くも)の巣が、窓ガラス越しに明るくハンモック状に垂れているのがまばゆく眼に映じている。

蜘蛛の巣は、裏の家のほの暗い庇(ひさし)の下に固着している。その庇の下に、雨を避けた小さな蜘蛛がひそかに身を憩うているのを、私の視覚ははっきりととらえることができた。新芽のように小気味よくふくらんだ華麗なその蜘蛛の腹部に、繊細な毛が無数に生え、その毛の尖端に細やかな水滴が白く光っているのさえ見てとることができた。

私の聴覚も、冴え冴えと澄んでいた。

軒端から落ちる雨滴の音——それが落下する個所でそれぞれ異なった音色を立てていることも鮮明に聴き分けることができた。

はじけるような乾いた単調な音は、勝手口の石の台の上に落ちる雨雫の音。明るいなんとなく賑やかな音は、窓ガラスの下の砂礫の浮き出た土の上に落ちる水滴の音。水滴が土を掘り起し、その小さな水溜りの中で細やかな砂礫が、雫の落ちる度に互いに身をすり合わせ洗い合っている気配すら、私の耳には、はっきりとききとれた。

突然、私の感覚が、かき乱された。

家の前の路地から、軽快なしかし鋭く突きささるクラクションの音が、澄明な楽の音にも似た雨滴の音を消してしまった。

迎えの自動車が来たのだ。

私は、耳をすました。

自動車のドアの鈍い開閉音がきこえ、水溜りをとびながら私の家に近づいてくる靴の音がした。私は、入口のガラス戸を凝視した。曇りガラスに白いものが薄く映り、ガラス戸のふちに肉色の指頭が色濃く密着すると、ガラス戸がきしみながら引きあけられた。

「水瀬さんは、こちらですね。病院から参りました」

短い薄汚れた白衣を着た痩身の男が、顔をのぞかせた。

父も母も、一瞬、放心した眼を入口の方へ向けたが、急に気づくと立ち上り、あわただしく部屋の中を取り片付けはじめた。六畳一間きりの空間を私の仰臥した体が占めているので、母が内職に彩色している白けたお面の山は、乱雑に部屋の隅に堆く積み上げられた。

母が区役所に行って手続きをして帰って来たのは、わずか十分ほど前で、すぐに迎えがこようとは、母も父も予測すらできなかったのだろう。

「むさくるしい所でございますけど……」

母は、よどみのない慇懃な口調で、着物の衿を病的なほど指先でいじりながら男をうながした。

男は、遠慮する風もなく、すぐに靴を土間にぬいで茶色く変色している畳の上にあがってきた。頬の赤い骨ばった顔の男だった。

「いつお亡くなりです」

男は、私のふとんの近くに坐ると、それが習性らしくすぐに言った。

「九時ちょっと過ぎでございました」

母は、大きな眼を媚びるように見張った。

男は、髪も乱れ衣服も垢じみている母が、思いがけず丁重な口をきくことに少し途惑っているらしかった。

「まだ、お若いようですね」

男は、面映ゆ気な表情で手拭をかぶせられた私の方を見つめた。

「はい、十六歳でございました」

「それはお気の毒でしたね」

男は、わざとらしく眉をくもらせた。

男の着ている白衣は、何度も洗い晒されたものらしく織り目も浮いてみえ、ボタンも半分かけて糸が今にもとれそうに垂れさがっている。

「では、早速で恐れ入りますが、埋・火葬許可証を見せていただきたいのですが……」

母は、一瞬、その意味がわからぬらしく、「はい?」と、眼を見張ってみせた。

「たしか区役所でくれたと思いますが、書類を……」

母は、ようやく納得がいったらしくしきりにうなずきながら、身を少しよじって着物の衿元から幾つにもたたんだ書面を取り出し、男の前につつましくさし出した。

父は、眼を赤く濁らせながら、部屋の隅に身をすくませて坐っている。

「それから、これに捺印していただきたいのですが……。もしなければ拇印でも結構です」

男は露骨に急いでいる風を見せて、解剖承諾書と書かれた紙を畳の上にひろげた。

「はい、はい」

母は、愛想よく返事をすると、すぐに立って押入れの下段にはめ込まれた茶箪笥の前に膝をつき、曳出しから紐のついた古びた小さな印鑑をとり出して来た。朱肉がないので、母は、何度も印鑑に息をはきかけた。

「御参考までに申し上げておきますが、病院では丁重にお嬢さんのお体を調べさせていただきましてから、火葬し、きちんと骨壺におさめてお宅の方へお返しいたします。もちろんその間の費用は、すべて病院持ちです」

男の声は、何度も言い慣れているらしい荘重さをこめたよどみのないものだった。

母は、神妙な表情で伏目になって何度も相槌を打っていた。

「それから……」

男は、白衣の衿から手をさし入れ、内ポケットから白い紙につつんだものを取り出した。

墨で香奠料と記されている。

「これは、病院からのものです」

男は、あらたまった表情で母の方へ押しやった。

「さようで御座いますか、御丁寧に。……では、遠慮なく頂戴させていただきます」

母は、ちょっと面映ゆ気な表情を顔に浮べながら、指を揃えて深々と頭をさげた。

身をすくませていた父も、母にならって頭をさげた。

「それでですね」

男の声が、一層事務的になった。母は如才ない表情で少し頭をかしげながら男の顔をうかがった。

「病院の規則で、最低一ヵ月はお嬢さんのお体をおあずかりすることになっているのですが……、お骨は、いつ頃お返しいたすことにしましょうか」

男の眼には、母の表情を探る色が浮んでいる。

「さようでございますね」

母は、少し身をひいてなんとなく照れた愛想笑いをしながらも、返答のしようがないらしくわずかに困惑の色を顔に浮べた。

「どうでしょう、二ヵ月ぐらいでは……」

男は、母の思案を封ずる口調で言った。

母は、どう返事をしてよいのかわからぬらしく、顔をこわばらせて父のいる部屋の隅の方を振向いた。

父は、母と視線が合ったが、ただ眼を臆病そうにまたたいているだけであった。

母が父に、かすかながらもすがりつくようなそんな視線を向けたのを見たのは、私にとって初めてのことだった。父も、母の視線に途惑いを感じているらしかった。

「よろしいですか、それで」

男のせかせかした声に、あわてて男に顔を向けると反射的に、はい、と母はうなずいた。

そうですか、それでは二ヵ月後——男は、書面に万年筆で書き込むと、

「では、運ばせていただきます」

と言って、立ち上り、ガラス戸をあけて外へ出て行った。

男が出て行くと、母は急にいつもの疲れた険しい表情にもどり、香奠料と書かれた包みを手にして、私の枕もとに置かれた蜜柑箱の上に置いた。中身の金額を推しはかる不安そうな表情が、母の疲れた顔にひろがった。

父も、紙包みの方をじっと見つめている。

「いいかい」

ガラス戸の所で妙に明るい男の声がして、後ろ向きになった白衣の男が節だらけの寝棺を持って入って来た。もう一方の隅は、髪の濃い若々しい白衣の男が持っている。

部屋が狭いので、棺は処置に困るほどひどく大きく見えた。棺は、私の寝床と平行に部屋一杯に下ろされた。

棺の木蓋がとられ、私の薄い掛ぶとんが取りのぞかれた。

私は、マニキュアをした指を母に組まされたままの姿勢で、シュミーズ一枚で仰向けに横たわっていた。

痩せた頰の赤い男の骨ばった手が、私の腋（わき）にさし込まれ、若い男の肉付きのよい手が、私の両腿（りょうもも）をかかえた。私の体が冷えているためか、二人の男の手が、私にはひどく温か

いものに感じられた。

私の体は、二人の手で持ち上げられ棺の中におさめられた。鉋（かんな）をかけていない粗い板なので、私のシュミーズからむき出しになった肩のあたりにかなり大きな木の節目があたっていた。しかし、新しい板らしく、棺の中には木の香が満ちていた。

蓋がはめられ、棺は二人の手で前後して持ち上げられた。

「お父さん、手をお貸しして」

母の声に、父が部屋の隅からあわてて立ち上ると、私の棺の脇を無器用に持った。

父が片側を忠実に持ち上げているので、棺は傾きながら部屋を出た。

棺が軒を離れると、いきなり棺の蓋に雨が音を立てて白い飛沫をあげた。棺の中は、雨音で満ちた。

家の前に停車している自動車は黒塗りの大型車で、雨にボディが洗われ、雑然と軒をさしかわしている家並が緻密に映って美しく光っていた。

後部の扉が左右にあけられ、私の棺は男の手でその中に押し込まれた。

不思議なことに私の眼は、四囲が棺にさえぎられさらにその上自動車の車体にさえぎられているのに、雨に濡れた細い路地の光景が、妙に明るく、丁度水を入れかえたばかりのガラス張りの魚槽の中を透し見るように瑞々（みずみず）しくすきとおって見える。

路地の両側に並んだ家からは、好奇や蔑視の奇妙に入りまじった人々の顔が無遠慮にのぞいている。これほどの高級車が、この路地に入り駐車したことは今までなかったことなのだ。

後ろの扉から、白衣を着た男が二人、身をかがませて勢いよく私の棺の脇にとび込んできた。

「おい、いいよ、出してくれ」

運転台に声をかけた。

「ひどいね、この雨は……」

男たちは、ハンカチを出すと、頭を拭き、腕をぬぐった。

自動車が、静かに動き出した。

家の戸口で見送っている面長な母の顔、臆病そうに半分だけガラス戸から顔をのぞかせている父。その二人の姿が雨の中を次第に後ずさりしはじめた。

さよなら、私は、小さくつぶやいた。

路地は狭く、自動車はゆるい動きでわずかずつ進んだ。

女や子供たちが軒の下に立って、近々と過ぎる自動車のガラス窓を身を伸び上らせてのぞいたり、濡れ光った車体に指をふれさせて筋をつけたりしていた。

「全くひどい貧民窟だな」

運転手は、慎重にハンドルを操りながらつぶやいた。ワイパーがせわしなく動いている。

ガラス窓は、雨滴で一杯だ。

ようやく路地を抜け出ると、自動車は、わずかに速度を増した。が、道が狭いため自動車は、時々徐行することを余儀なくされた。

道に、板張りの箱車が置いてあった。自動車は、停車してホーンを鳴らした。

低いバラック建ての家から、つぎだらけの雨合羽を着た老人が大儀そうに出て来て、箱車を引いて道をあけた。

ふと、私は、道の片側に番傘を傾けて身をすりつけている色白の若い男に気がついた。その顔には見おぼえがあった。藤原富夫という、中学校時代の同級生であった。

富夫は、紺の作業衣を着ていて、胸にはセロファンでつつんだ花束を大切そうに抱いていた。

道の両側につづく薄汚れた家並の中で、セロファン紙に透けたその花の色が、対照的にひどく清らかで美しくみえた。

自動車が、ゆっくりと動きはじめた。

富夫は、家並の板壁に一層身をすり寄せた。

番傘の骨が、自動車の片側を鳴らして通り過ぎた。

私は、自動車の後方をながめた。富夫が番傘を肩にかつぐようにして、雨に濡れた道を遠くなって行くのが見えた。

さよなら、私はまた小さくつぶやいた。

花の色が、眼にまだ残っていた。富夫と花束——それはなんとなく不似合いな取り合わせに思えた。中学生の頃の富夫は、他の生徒と同じ貧しい衣服を身につけていたが、いつもきれいに洗われた清潔なものを着ていた。顔立ちも華奢で、髪を刈ると、その坊主頭が淡く緑色に染まって爽やかな感じであった。

私は、雨の中を茸のような傘がすっかり見えなくなるまで見送っていた。

自動車は、くねった道を走りつづけている。

「この死体(ライヘ)は、何時頃死んだものなの」

若い男の声がした。

「九時ちょっと過ぎだってさ」

「じゃ、まだ二時間ぐらいだね」

「そうなんだ。全く得難い獲物だよ。研究室の連中、喜ぶぜ」

痩せた男は、煙草の脂(やに)のついた歯を露わにして微笑した。

「村上さん」

男は、ポケットから煙草を取り出しながら運転台に声をかけた。

「これ、新鮮標本をとるにちがいないから、急いでやってくれよ」

「あいよ」

運転手は、背を向けたまま気さくに答えた。

自動車は町中を抜け、土手に上ると、せわしく車の往きかう長い木の橋を渡った。

若い男は、すっかり曇ったガラス面に指で二筋三筋曇りをぬぐって、白く煙った広い川筋を見おろしていた。

繁華な街の中を、自動車は進んだ。

雨勢がようやく衰え、雨脚も急に細まってきた。

街の一角に、明るく日が射した。雨の音が消えて、それと入れ代りに自動車の警笛や街の物音がいきいきと湧き上ってきた。

自動車は、大通りから石塀のつづいた住宅街の坂を登りはじめた。

塀から坂の上におおいかぶさってせり出した樹の繁りに日があたって、自動車のガラス窓は緑一色に染まった。風があるのか、時折り葉のふり落す大粒の水滴が自動車の屋根に音を立てて落ちてきた。

若い男が、窓をあけた。

「あがったね」

若い男は、窓から外をまぶしそうに眼を細めてながめた。その瞳に、葉の繁りが凝集して映っていた。

「願ってもないことだ。こう雨気がこもっちゃ、死体の変化が早まるからね」

痩せた男は、煙草を口にくわえたままもう一方のガラス窓をあけ、棺の蓋を取りのぞいた。

急に、冷えびえした空気が棺の中に入ってきた。

私のシュミーズだけの体が、男の視線にさらされた。

「若い娘だね」

「そうだ、まだ十六だってさ」

男は機嫌が良いらしく、魚籠の中の魚を見さだめるように私の顔をのぞいた。

「顔は稚いけど、十六にしてはいい体をしているな」

痩せた男は、私の体を無遠慮にながめた。

若い男は、返事をしなかった。

痩せた男は、私の体から眼を離さず煙草を短くなるまですいつづけた。

その視線に、私は身のすくむ羞恥をおぼえ、自分のさらされた体を一方的にながめ廻されていることに屈辱も感じた。

母が蔑まれている、と、私は、咄嗟に思った。

「美恵子は、若い頃の母ちゃんに似てきた」

父が、何気なくそんなことを言ったことがあった。

母は、一瞬、ぎくりとしたらしく、不快そうに眉をしかめて私を一瞥しただけであった。

母は、育ちのいやしい父とむすばれ父の子を生んだことに強い自己嫌悪を感じているのだ。

母は、地方の神官の末娘として育ったが、嫁いだ資産家の夫が精神異常者であったため実家に逃げ帰った。経済的な支援を婚家先からうけていた実家では、その度に母を婚家先に送り返したというが、一年ほどして母は遂に堪えきれずに家を飛び出し、ある鳥料理屋に女中として住み込んだ。

板前をしていた父とは、そこで知り合ったのだ。

私は、自分が母に似ていることは知っていた。私の肌は白く、顔立ちも面長で、鏡をのぞくと母との濃厚な類似がそこにあった。

が、私は、母に似ていることに当惑していた。いささかでも似ているなどということが、分に過ぎた僭越なことに思えてならなかったのだ。

母の生れの良さを、父は始終私にいいきかせた。事実、私の眼にも母は、私や父とは全く異なった世界で生れ育った人間に映じていた。容貌にも言葉遣いにも、そして立居振舞にも品位が感じられ、手をついて挨拶する時など母の指は繊細にしなって幼い頃からの厳しい躾けを想像させた。

父にはひどい賭博癖があって、そのため勤めもしくじり、二、三年前からは朝、ゲートルを几帳面に足に巻いては日雇い労務者として家を出て行く。金が少しでも入ると、父は賭け事にその金をすべて費消してしまう。家はそのためひどく貧しく、母は険しい表情でお面を彩色しつづけている。

　父が無一文になって帰ってくると、母は憎々し気に物差しで父の体を容赦なく打った。黙ったまま物差しを振りつづける母の姿にも、ある種の風格があった。

　父は畳に額を伏し、身じろぎもせず母の打擲(ちょうちゃく)に堪えていた。

「素人じゃなさそうだね」

　若い男が、男の肩越しにのぞき込みながら言った。

　私の髪は薄い小麦色に染められ、指にも足指にも朱色のマニキュアがほどこされている。

「親のために働けるだけ働かされて、死んでしまうと体を売られる。親の食い物にされたんだな」

　男は、私の体をながめつづけている口実らしく少し湿った口調で言った。

　私は、急に不快な気分になった。自分の親を、男に悪しざまにいわれていることが腹立たしくてならなかった。

　親のために働いてきた……ということは事実にちがいなかった。が、働いて親に貢ぎたいとねがったのは、私自身の意志から発したものだった。

　私は、中学校を卒業してから働きに出た。給与のよい職場を転々として移り歩いた。むろん、経済的な理由からであったが、私は、母が貧しい生活の中に身を浸していることを不当な罪悪にすら感じていたのだ。

一月ほど前、私がウエイトレスをやめてヌードチームに入ったのも、母に対する私の奴婢的な感情がそうさせたので、幾らかでも多くの金を母に捧げたい自発的な行為であった。

そのヌードチームは、ローラースケートを使うということで特色があった。

無器用で自転車にも乗れなかった私は、練習中、気の遠くなるほど顚倒しつづけた。両腿がしこって痛く、夜も眠られぬほどであった。

練習をはじめてからわずか四日目で、私は半強制的にチームの一員として初めて出演させられた。

……音楽がはじまると、ローラースケートをつけた私たちは、一人ずつ色光のただようフロアーに滑り出て行った。私のかたわらには、チーム四人の中のただ一人の男、胃弱で固型物を決して食べない初老の団長が、くまどった厚いドーラン化粧をした顔に始終にこやかな笑みを浮べながら、それでも慎重に、私が顚倒しないように手をもち腰に手をまわしてくれていた。照明が変ってスウィートな曲が流れると、新顔の私から腰にまきつけた紗をはずし、ブラジャーをぬいでゆく。転ばぬことだけに神経が使われて、私は、初めての時でも恥しさということは忘れていた。

ローラースケートは、フロアー一杯に客席すれすれに滑ってゆく。ぶつかりそうになり客席から女の嬌声が上った瞬間、スケートは弧を描いて反転しフロアーにもどる。スケートは、曲のリズムに乗って波のような音をたてながらフロアーの上を往きかう。曲が終りに近づく。私たちは、思い思いに最後のポーズをし、そして客席ににこやかに挨拶をすると、一人一人、カーテンのかげに滑り込む。

楽屋に入ると私たちは、急いでスケートをボストンバッグの中にしまい、衣裳をかかえ、体に簡単なものを羽織ってキャバレーの従業員出口から走り出る。そして、タクシーを拾うと次のキャバレーに駈けつける。

私の貰い分は、一回のショーごとに平均八百円の割で、一夜に三千円近くの収入になった。

「あの団長は、女に全然関心がないのよ。体に欠陥があるらしいね」

古顔の三十歳を過ぎた女が、蔑んだ表情で言ったことがある。女の話では、団長は年に二、三回必ず男のことで事件を起すという。相手は、バンドマンであったりボーイであったり、行きずりの若い男であったりする。薄い髪をきれいに撫でつけている団長が、その時は頬もこけて面変りするほど苛立った表情になるという。

団長は、いつも女のような声をさせて、チームの女たちには薄気味悪いほど優しい。ただ、突然休んだり、集合時間に一分でも遅れると自分の感情を抑えきれぬのか、額に血管を生々しく浮き上らせて、痙攣した手で容赦なく女たちの頬を叩いた。そして、その上、懲罰として出演料からもいくばくかの金を差引いた。

いたたまれずに退団する女もいたが、団長は、すぐに代りの女を連れてきて、素人の娘を三日もあれば出演させられる特殊な技術指導の才を持っていた。

一昨夜、私は、家を出る時、すでに体が熱をおびているのに気づいていた。が、欠勤すればかなりの金額を罰として引かれてしまうことを知っていたので、約束の場所へだるい足を曳きずりながら出掛けて行った。

キャバレーからキャバレーへの目まぐるしい掛け持ち。そして、遂に最後のキャバレーで急に意識が薄らぎ、演奏しているステージに勢いよく腰を打ちつけ顚倒してしまったのだ。団長に頬を強く打たれたのも朧気ながらであった。

家にもどされても、私の熱はさがる気配もなく、額にあてた濡れ手拭もすぐ湯気を上げて乾いてしまった。胸をしめつけられる息苦しさで、私は、ただ眼を据えあえいでいた。

医師がきて診察を受けた時、すでに私の体は手遅れになっていた。

死因は、急性肺炎であった。

「簡単に助かったものを、なぜこんなになるまで放って置いたのです」

眼鏡をかけた若い医師は、腹立たしそうにきつい語調で言った。

母は、拗ねたように横を向き、医師に茶も出さなかった。

家には、私の稼いできた金が少からずあったはずであった。が、私は、医師を最後まで呼ばなかった母を恨む気持にはなれなかった。

「美恵子が死んでしまう」

父がおびえたふるえ声で言った時も、母は、

「風邪ですよ」

と、不快そうに眉をしかめただけで素知らぬ振りをして取り合おうとはしなかった。

手遅れにしろ母が私のために医師を呼んでくれたというだけで、私は恨むどころか涙の出るほど感謝せねばならなかった。私が物心ついてから、医師が私の家にきたのは、その時が初めてのことであったから……。

それにしても団長が、出演中私が不始末をしたことで損害金を請求しに家にやってきた時、私が熱にあえいでいる枕もとで母が団長に浴びせた怒声は激しかった。

想像もおよばぬ野卑な言葉が、母の口から絶え間なくほとばしり出た。

私は、この母の罵詈(ばり)を金銭ゆえにとは思いたくなかった。

「娘をいいように食い物にしやがって」

この母の言葉に、私は、朦朧とした意識の中で涙ぐんだ。母の愛情が、その言葉の中に十分にこもっている、と思った。

団長は、体をひどく痙攣させて戸もしめずに帰って行った。

……自動車が、ゴーストップの近くで停止した。

それきり、自動車はとまったままになった。自動車の前方には、広い舗装路に雨の名残りを残した自動車が、兜虫(かぶとむし)のように濡れた車体を光らせて間隙なくつまっている。警笛も、

しきりに湧き起っている。

「どうしたんだい」

痩せた男が、いぶかしそうにフロントガラスを透し見た。

運転手も、窓から身を乗り出して前方を見ている。

「事故でもあったのかな」

運転手が、ひとりごとのようにつぶやいた。

自動車は、動き出しそうな気配もみせない。バスも数台とまり、後部の窓から制帽をかぶった車掌が身を乗り出している。

「弱ったね、動き出しそうもないな」

痩せた男が、苛立った声で言った。

「標本がとれなくなったらなにもならなくなるからな。どうだい、バックして迂回したら」

男の声に、運転手は首を曲げて後部のガラス窓をうかがった。

「駄目だ、もう出られない」

たしかに自動車の後方には、すでに十台近い車がぎっしりつまり、さらにぞくぞくとその台数を増している。

痩せた男の顔に、焦りの色が浮びはじめた。

「なにをしていやがるんだろうな」

痩せた男は、腹立たしそうに舌打ちした。

窓から一心に外を見ていた若い男が、ふと悠長な声で言った。

「なにか通るようですよ」

運転手も、窓から首を突き出した。

日のあたっている反対側の歩道に、女や子供たちや通行人が歩道からあふれるように並んで、一様に前方の大通りの方向に顔を向けている。

その時、甲高い女のマイクを通した声が、レコードらしい埃っぽい音楽の音にまじってきこえてきた。それにつれて歩道の人波が揺れ、交通整理の緑色の腕章をつけた警官が車道にはみ出した人々に注意をあたえはじめた。

「なんだろう」

痩せた男も興味をいだいたらしく、ガラス窓に顔を押しつけた。

音楽とマイクの声が近づき、あたりに賑やかな空気があふれた。いつの間にか、警笛の音は消えていた。

「ミス××のパレードだよ」

若い男が、突然、はずんだ声を上げた。

車内の空気が、明るくなった。痩せた男の顔からは苛立った表情は消えて、頬にしまりのない笑いが浮んだ。

初めに音楽とアナウンスを撒き散らしながら、軽金属の大袈裟な装飾をほどこした大きな宣伝カーがゆっくりと通り過ぎた。そのすぐ後に造花とモールで彩られた華美なオープンカーがつづき、その上に赤いマントを羽織り王冠をつけた若い女が立っていた。

女は、巧妙な美容師の手によって装われたらしく、化粧も髪形もなんの乱れもなく細面の顔にひどく似合ってみえた。女は、疲れた顔に無理な微笑を浮べながら、しきりに歩道の人や停止している車の中の人々に手を振っている。

私は、キャバレーで華やかな衣裳を身にまとい、にこやかに微笑しながらスケートを走らせていた自分の姿をそこに見た気がした。

女は、微笑することにも手を振ることにも飽いているらしく見えた。女の微笑は固定した一定の表情しかなく、すぐ泣き顔にでも変るようなゆがみが口もとに現われていた。

私の眼には、ドーラン化粧をした女の顔に細かい毛穴が浮いているのがはっきりと見えた。小鼻の脇には化粧品が少し乾いてかたまり、微笑の度に細やかな亀裂が規則正しく走るのも見た。

あの女は生きている故に華美な装いをこらしてオープンカーに立ち、自分は死んでいるという理由のために、節だらけの棺にシュミーズ一枚で横たわっている。それは当然のことにはちがいないが、その遇され方にあまりにも差異がありすぎるように思えてならなかった。

……痩せた男が、おどけて手を振った。自動車の中には、陽気な笑い声が満ちた。

その後から、オープンカーが何台もつづいた。ミス××区と書かれた白ダスキをかけた女が二人ずつ乗っていた。微笑もせずに機械的に手を振っている表情のかたい女や、笑みを満面にあらわして疲れも知らぬらしくしきりに手を振りつづける若い女もいた。

歩道の人々も車の中の人々も、一様に笑っていた。その微笑は、申し合わせたように照れ臭そうな笑いであった。人々は、タスキをかけ自分の容姿をさらして行く女たちに羞恥を感じ、それを人々と共に振り仰いでいる自分に含羞（はにか）んでいるにちがいなかった。

やがて、音楽とマイクの女の声が遠ざかり、パレードは過ぎた。最後尾の少しおくれたオープンカーは、無表情な女二人を乗せてスピードを早めて走りすぎた。

歩道の人垣が、崩れた。

道につまった自動車の群れから、警笛が交錯しはじめた。

白衣の男たちが、笑いを顔に残しながら坐り直した。

「御苦労さんなことだね」

車の中では、ひとしきり落着きのない明るい会話がかわされた。

自動車は、少しずつ動きはじめたが、少し動いては、しばらくとまった。痩せた男に焦りの色が見えはじめた。警官の笛の音が、鋭く鳴っている。

私は、棺の中で手を組んだままじっと仰向いて横たわっていた。

二

私の棺は、病院の裏門から入ると古びたコンクリート造りの建物の一室に運び込まれた。部屋は、壁も天井も床もコンクリートでかためられ、湿気をおびているらしく燻んだ色をしていた。

部屋の奥には、ブリキ張りの木蓋がついた二畳敷ほどのコンクリートでふちどられた水槽のようなものが六個床に据えつけられ、部屋の隅の台の上には、四角い木箱や骨壺が雑然と載せられていた。

五分もたたぬ間に、白衣をつけた二人の若い男が入って来た。ひどく背の高い浅黒い顔をした男と、髭剃りのあとの青々とした色白の男だった。

背の高い男は、大股に近づいてくると棺の蓋を取り、いきなり私の腕を無造作につかんだ。そして、指を組んだままの私の腕を乱暴に上げ下げさせた。

「大丈夫だ。まだ硬直はきていない」

男は、色白の男に振返って言うと、部屋の隅にある戸棚からゴム手袋を出してはめ、壁に埋めこまれた電気のスウィッチを押した。

卵の殻のように白く透けた笠を持った電灯が、天井に明るくともった。

私の体は、係員の手で棺から出され、硯石（すずりいし）に似てふちだけ高くなっている石造りのベッドに仰向けに置かれた。

「なかなか綺麗な子だね」

髭あとの濃い男が、手袋をはめながらベッドに近寄ってきた。

浅黒い男は、苦笑しながら組み合わされた私の指をほどいた。そして、かたわらから鋏（はさみ）を取り上げると、数日前に買ったばかりの私の真新しいシュミーズを脇から真一文字に切り開いてしまった。

下着もすべて切り裂かれ、私の体は、電光の下で露わになった。

「どうだい、素敵な体をしているじゃないか。若いのにもったいないな」

髭の濃い男は、私の体を見まわしながら胸の隆起を撫でた。ゴム手袋をはめた指が、私の細く突き出た乳頭にひっかかりながら上下した。

「さあ、何をとる」

背の高い男は、解剖器具を木の台の上に並べながら言った。

「生殖器と、乳腺と」

「肺臓もとっておこう、新しいし若いんだ、できるだけ取るんだな」

そして、ふと気づいたらしく背の高い男が、

「皮膚科でね、新鮮な死体なら、どこでもよいから取ってくれっていってたよ」

「もう嗅ぎつけやがったのか、欲ばっていやがる」

髭の濃い男は、わざと下卑た口調で言った。が、それでも木の台の上にホルマリンの人ったビーカーを秩序正しく並べはじめた。

メスは、まず私の頰に食い込んだ。私の眼の上に、瞳を凝らした浅黒い男の顔があった。男の顔をそれほど近くに見たことは、初めてであった。私は息苦しく、顔をそむけたい気がしきりにした。

メスは、四角く動いて小さなタイルの石のように皮膚を切りとり、その一つ一つがホルマリンの入ったビーカーの中へ落された。

それから私の体の表面いたる所に、メスが動いた。腕を上げさせられると、腋の下の皮膚も切りとられた。二日おきに使うエバクリームで腋毛は落されていたが、皮膚の表面には、短い毛の先端が細かい胡麻を撒いたように浮いていた。

腿、腹、頭皮そして唇の皮膚までが、揺れながらホルマリン液の中に沈んでいった。

「こんなところかな」

男たちは、メスを手にしたまま私の体をながめまわした。

切り削がれた部分には少し血が凝固したままにじみ、私の体は薄い朱色の貼り絵に似た模様でおおわれていた。

「それでは開腹するか」

背の高い男が言った。

「生殖器は、俺が受けもとう」

髭の濃い男が、少し悪戯っぽい笑みを浮べながら背の高い男の顔を見つめた。

「いいだろう」

背の高い男は、苦笑した。

首の付け根にきつくメスが食い込むと、下腹部まで一直線に引かれた。

「よくこんないい死体が手に入ったな。何ヵ月ぶりだろう」

表皮が開かれ、またメスが首の付け根の同じ部分に食い入った。

「あの区役所の課のやつには、十分話がついているんだ。新しい死体が入ったら、優先的にまわしてもらうことになっているんだよ。うちの部長、なかなか手腕家だからな」

背の高い男は、体を曲げて腹部の筋肉を一心に切開している。

髭の濃い男は、私の足部の方にまわっていた。腿に指がふれると、私の両足は大きくひろげられた。私は激しい羞恥を感じた。

私の腿の付け根に、男の視線が集中しているのを強く意識した。自分の姿態がひどくはしたないものに思え、息苦しくなった。

ふと、下腹部の腿の付け根に落ち込んでいるなだらかな隆起に、なにかが触れる気配がした。そこには、まだ十分には萌え育たない短い海藻のような集落があった。ふれたものが男の指であることに気づいた時、私は、自分の体が一瞬びくりと動いた気がした。

私の耳に、指とその集落の触れ合うかすかな音がきこえてきた。それは、体全体につたわってゆく繊細な、しかも刺戟に満ちた音であった。

「おい」

背の高い男が、声をかけた。

髭の濃い男は、含羞んで笑うと指を離した。そして、少し生真面目な表情にもどると、私の下腹部に入念にメスの先端をあてた。

私の乳房は、背の高い男の手で奇妙なほど敏速にえぐりとられ、ベッドのかたわらにある台の上に置かれていた。それは、大きな血のついた肉塊になって、台の上に二個かたむいて置かれている。乳頭の色は紫色に変色している。

背の高い男が、大きなケースからよく光る鋏を取り出してきた。そして、筋肉を押し開いてから、私の肋骨の根本に鋏をあて、一本ずつ入念に骨を切断しはじめた。乾燥した高い音が、部屋の中にひびいた。

「ほっとしたよ、この娘ヒーメンがあるよ。素人じゃなさそうだからひやひやしてたんだ」

下腹部を慎重に切っていた男が、顔を上げた。

私は、下腹部がすっかり切り開かれているのを知っていた。髭の濃い男の顔はひどく整っていて、瞼も男には珍しく二重になっていることにも気づいていた。棺の中におさめられ自動車で運ばれてくる途中、脂臭い白衣の男に自分の体をまじまじと見つめられた時とは異なって、侮蔑されているという感じはなく、ただ羞恥だけがあった。

「俺の方はとうにわかっているよ。乳頭を見れば、バージンじゃないかどうかぐらいすぐ見分けがつくんだ」

「負け惜しみをいうな」

髭の濃い男は、うっすら笑って反撥したが、悪戯っぽい表情は消えて変にこわばった色がその顔に膠（にかわ）のようにはりついた。ヒーメンとは、なんのことなのか。胸部を処理している男の顔も、思いなしかひきしまって見えた。

二人は、生真面目な表情で黙々とメスを動かしはじめた。肋骨がはずされ、台の上に置かれた。肺臓が取りのぞかれると、胸部が妙にうつろになった。

台の上にかなりの数の肉塊が並んだ頃、急に入口の戸が荒々しく開かれ、汚れた白衣を身につけた老人が、あわただしく部屋に入ってきた。

老人は、私の体の方を見ると一瞬立ちすくんだ。目が大きく開かれ口が半開きになり、歯のない口の中が薄桃色に見えた。

男たちは、老人の気配に気づいて手をとめ振向いた。

老人は、私の体を凝視したまま私の載っている石造りのベッドに近づいてきた。そして、私のえぐり抜かれた胸部を見つめると、反射的に台の上に視線を移した。そこには、大小さまざまな肉塊にまじって、私の肋骨が剣道の面のように一様に弧を描いて血にまみれた骨の肌を光らせていた。

老人の体が、かすかに痙攣しはじめた。白い肌に所々浮いた薄茶色のしみが、顔の皮膚のふるえにつれて異様な動き方をした。

老人は、血走った眼で男たちの顔を見つめた。

「この死体は、私のものです」

老人の声は、語意が不明瞭なほどふるえていた。

男たちは、呆気にとられて顔を見合わせた。

「部長さんが、女のライヘが入ったら私にくれるとおっしゃって下さったのです」

老人の眼に涙が湧いた。口もとも、泣き出しそうなこわばりを見せていた。

「長い間かかって、動物実験で白い透明な骨標本をとることに成功したのです。その第一号に部長さんが、若い女のライヘを使わしてやるといって下さっていたのです」

男たちは、ようやく老人の言葉の意味がわかったらしく再び顔を見合わせた。少し蔑んだ苦笑が眼に浮んでいた。

「それはね、深沢さん。気持はわかりますけどね、このライヘは死後二時間という新鮮なものなんですよ。われわれとしても標本が欲しいですからね。骨標本はどうせ腐らすのだし、古いものでもいいわけでしょう。今度、若いのが入ったら使うことにして下さいよ」

背の高い男が、落着いた声で言った。

老人は、手を小刻みにふるわせるだけで口もきけないらしかった。

「第一、もう肋骨もはずしちゃいましたからね」

背の高い男は、冷たい声で言った。

老人は、男たちの顔を見まわしたり私の体に眼を落したりして黙って立っていた。が、やがて老人の眼に弱々しい光が浮びはじめた。顔が白けて、皮膚もたるみをおびはじめていた。

老人は、その場にたたずんでいることに気まずさを感じているようだったが、興奮した手前もあって立ち去るきっかけを失っているらしかった。

男たちは、老人の存在を無視するように私の体にかがみ込んで黙ってメスを動かしはじめた。老人は、しばらくその場に未練気に立って男たちのメスの動きをながめていたが、やがて体をめぐらすとベッドのかたわらを離れ、入口の方へ歩いて行った。それは平衡感覚を失ったひどくぎごちない歩き方であった。

ガラス戸の閉まる音がすると、男たちはメスを手にしたまま苦笑した。

「なんだい、あいつ。図々しいじじいだな。こんな新しいものを渡せるものか」

髭の濃い男が、腹立たしそうに言った。

「若い頃からあんなことばかりやってきたから、頭がおかしくなっているんだ。肋骨をはずしておかなかったら、この死体にしがみついて放さなかったかも知れないよ」

背の高い男は、少し眉をしかめると、また黙って手を動かしはじめた。

老人の出現で男たちは気分を少し乱されたらしく、それからは口もきかず黙々と作業をつづけていた。

「さあ、どうだ。まだいただいておく所があるかい」

髭の濃い男が、ゴム手袋で私の腹の中の内臓を手探りした。

「こんなところだな」

背の高い男が、腰を伸ばして言った。

「いいかな」

髭の濃い男が、私の体を見まわしながらもう一度念を押した。

「いいだろう」

それで、ようやく二人とも血のついた器具を台の上に置いた。そして、それぞれ手袋をぬぐと、消毒液の入った琺瑯引きの洗面器に両手を沈め、水道で手を洗った。

二人は、手をタオルで拭くと私の体を運んできた棺の上に並んで腰を下ろした。一人が、ポケットを探って煙草の箱を取り出し、他の一人にも一本抜き取らすとマッチを擦った。

二人は、煙をくゆらせながら黙ったままベッドの上の私の体と台の上に並べられた肉塊をながめていた。

しばらくして、男たちは私の股を開いて大腿部の血管をメスで掘り出すと、そこから多量のホルマリン液を注入した。それが終ると、私の体を白い布で露出部のないほど厳重につつみ、黒いゴム張りのシートをかぶせた。

やがて、男たちは、電気を消すと革のスリッパをひきずりながら部屋を出て行った。

急に、あたりに静寂がひろがった。

私は、白布につつまれたまま横たわっていた。自分の体が、奇妙に軽くなったように思えてならなかった。胸から腹部へかけて、私は隙間風の吹き抜けるのに似た冷えびえした感覚におそわれていた。

女としての臓器や、重要な内臓を取りのぞかれた私の体は、どんな意味をもっているのだろうか。母の受け取った紙包みが、こうしたことを代償とするものだとは全く想像もしていなかった。自分の体の臓器や皮膚がいくばくかの金銭と引きかえに取りのぞかれたということが、私には奇異なことに思えてならなかった。

妙にうつろな気分であった。白布につつまれた私は、自分の体の使命がこれで完全に終ったにちがいないと思った。森閑とした安らぎが、私の体の中に霧の湧くようにひろがってゆくのを感じた。

その午後は、長かった。部屋の壁にくり抜かれたガラス窓には、いつまでも昼の明るさがあふれていた。私は、時間の長さを持てあましていた。

ガラス窓の明るさが薄らぎはじめた頃、私はあるかすかな音がシートの上でしているのを耳にした。それは、私の首の上部にあたる個所であった。

私は、眼をこらした。鬼百合の雄蕊（おしべ）の先端のような頭をもった小さなかまきりが首をもたげていた。

かまきりは、透けた薄い華奢な翅（はね）を糸鋸（いとのこ）状の後脚で時々しごいて緑色の翅の下から引き出しては、翅を小刻みにふるわせている。そして時々、眼の大きく張り出した頭を悠長に立て、前肢を擬すように宙にかざした。

そんなことを何度も繰返しながら、かまきりは、乾いた音をさせて少しずつシートの上を腹部の方へ移動して行った。下から間近に見上げると、多くの節のついた膨らんだ腹部は絶えずふるえ、尾部の尖端は生々しく動いている。

かまきりは、私の膝頭の上までゆくと、体を直立させた。そして、薄く透けた翅を無器用にひろげると、ガラス窓にむかって弱々しく翅を羽搏（はばた）かせながら戸外に飛んでいった。

部屋の中に、また静寂がもどった。私は、じっと身を横たえていた。

夕方の気配が、私の体の周囲にただよいはじめていた。

三

翌日、私は、シートを下半身だけ剝がされ、股を開かれてホルマリン液を注入した同じ個所から、美しい朱色の鮮やかな液を入れられた。そして、またシートをかぶせられると、私はその日も一日放って置かれた。

次の日、私は、自分の体中の血管が、前日注ぎ込まれた朱の液で染まっているのに気づいた。細い毛細血管にまで浸みわたっていて、それらはからみ合った糸みみずのようにみえた。

内臓を取りのぞかれた私の体の役割は、まだ終っていないのだろうか。私は、美麗な交通図さながらに彩られた自分の全身を不安な感情で見まわした。

その日の午後、背の高い男が解剖室の係員と二人で入って来た。

「脳取りですね」

「そうだ」

男は、興味もないらしくゴム手袋をはめた。前夜遅くでもなったのか、男は眼を充血させてしきりに小さな欠伸(あくび)をしていた。

係員がシートをとり、私の頭部の白布を剝ぐと係員の控室にもどり、解剖器具の入っている箱を持ってきた。

男は、億劫そうに私の頭部を撫でてから、私の頭の頂きを中心に、後頭部から額にかけて縦に一直線にメスを入れた。そして、左右に頭皮をつかむと、頭髪ごと豆の皮をむくように剝いだ。細かい血管の交錯した下に頭骨が見えた。

男は、台の上から細身の鋸（のこぎり）を手にして、頭骨のふちを円形に挽いてゆき、やがて、缶詰の蓋をとるように頭の皿を挽き取った。そしてメスを入れると、難なく両手で脳をはがし取った。

「じゃ、これでいいからすぐに入れてくれ」

ホルマリン液の入った大きな円筒形のガラス器の中に、脳が入れられた。白っぽい浮游物や赤い糸状のものが、液の中にただよった。

男は、スリッパをひきずって部屋から出て行った。

係員が、もう一人来て白布を取りのぞいた。

私の体は、二人の係員のゴム手袋で前後を持たれ、一坪ほどのコンクリート造りの槽の中に入れられた。節約しているためかアルコール液はごくわずかで、表面には茶色い死体がむき出しに重なり合い、その上から粗末な毛布がかけられていた。

係員は、死体を幾つか横にずらせて、私の体を液のたまりの中に押し込み、毛布をかけて木の蓋をしめた。

私は、液の中に俯伏せになって、口を開いた老婆の顔と顔を密着させていた。顎の所にだれの爪か、白けた爪が突き立ってあたっている。

私の体の役目は、まだ終らないのか……。私は、自分の体が薄茶色をおびはじめ、アルコール液が脳のない頭部にも開腹された腹部にも、そして口や鼻の中にも深く浸みてゆくのを感じながら、なんとなく落着かない時を過していた。

——どの位の日時が経過したのだろう、体の色が四囲の死体と変りないほど茶色に変化した頃、足首を係員のゴム手袋でつかまれ、槽の中から引き出された。

茶色い液の中では感じなかったが、私は、自分の手が完全に変色しているのを見た。また、自分の爪がかなり伸びているのにも気づいた。茶色い指の中で、伸びた爪の付け根の部分だけが妙に白けていた。

体が、コンクリートの床の上に放り出された。その衝撃で、私は自分の体がすっかり硬直しているのに気づいた。

私の体は、片足を少し上げた姿勢のままで、しばらくの間床に置かれていた。

やがて、係員の手で持ち上げられ、隣接した大きな部屋に運ばれた。そこには、十台近い石のベッドが一列に並んでいた。

私の体は、一番手前のベッドに載せられた。

部屋の壁には、ガラス窓が明るく輝いて並んでいる。奥の方にあるベッドには、タオルで口をおおった老人が、むこう向きにベッドにかがみ込んでしきりに肩を動かしつづけているのが見えた。

その老人の後ろ姿には、見おぼえがあった。私の体が欲しい、と唇をふるわせていた老人の血走った眼の色を、私は思い起した。白衣のかげからは、時々メスの刃が閃いて光っていた。

……部屋の隅の入口から多くの足音がきこえてきた。それは、白衣を着た初老の男と中年の男に連れられた、真新しい白衣をつけた一団の学生たちであった。女子学生も一人まじっていた。

かれらは、私のベッドの近くにくると立ちどまった。口をつぐみ、表情をこわばらせている。

初老の男が、ゆっくり振向くと口を開いた。

「この死体は、今、教場で説明したとおり死後一カ月。早速これから実習に入る。前列から順々に二人ずつ死体の両脇に立つ。交替にやるから、あとは自分の番がまわってくるまで見学しているように……」

男にうながされて、私の両脇に二人ずつ白衣の学生が立った。一人は眼鏡をかけた浅黒い顔の女子学生であった。

白衣を着た男の学生は、教授らしい男の方に顔を向けていて、私の体からは視線をそらせていた。が、女子学生は、私の体を白眼のかった眼でまたたきもせずに見つめている。

私の胸に、重苦しい羞恥の感情が湧いてきた。羞恥の対象は異性である男子学生ではなく、同性である女子学生に対してであった。それは、私がこの病院に運び込まれてから、すべて男たちの手によって体を扱われてきたために、男というものにある程度鈍感になっていたということも理由の一つであるかも知れない。が、そんなことよりも茶色くなった私の裸身を、同性である女子学生に見られていることがなににもまして苦痛であったのだ。それは、すでにすっかり失われていたと思い込んでいた女としての同性に対する虚栄心が、まだ私の心に根強く残っていたためにちがいなかった。

「それでは、メスを執ってまず表皮を剥いでみる。その裏側にある血管の状態、神経系の状況を観察する。今、実際にやってみせるからよく見ているように」

教授らしいその男は、私の腕の上膊部にメスを立てると、きれいに表皮を剥いだ。

「わかったな」

教授は、一歩さがった。

初めにメスを執ったのは、女子学生であった。私の腕の付け根にメスを食い入らせると、かすかに唇をかんで一直線にメスを引きおろした。ひどく大胆な引き方であった。

私は、思わず女子学生の顔をうかがった。

細いその眼は、平然と私の体に注がれていた。ほとんど無遠慮な視線ですらあった。口もとには、かすかに冷たい笑みさえゆがんで浮んでいた。

私の心が凍った。この浅黒い女子学生は、醜く変形した私の体を同性として優越感にひたりながら見おろしているのではあるまいか。それとも男性たちの視線を意識して、同性である私の露わになった体を前に女らしい虚勢を張っているのだろうか。それとも、メスを使って人体を切り刻むことに愉悦を感じる生得的なものが、この女の内部にひそんでいるのであろうか。

女子学生は、落着いてメスを動かした。表皮を剝ぐことのみに神経を集中し、四囲の空気を無視しているように見えた。

女子学生の動きにうながされたのか、男子学生のメスが私の腕や脚に数カ所弱々しく食い入った。そして、何人かの学生が交替にメスをとったが、それらの中では、やはり女子学生のメスの粗暴なほどの敏捷な動きが際立っていた。

学生の実習が終ると、教授は、洗濯物を水から上げるように、私の内臓を乱暴に引き出して臓器の説明をした。そんなときでも、女子学生は最前列に立って、教授のつかんでいる私の内臓を見つめていた。

教授が、白衣の袖をまくって腕時計を見た。

やがて、学生たちの足音が、教授の足音とともに部屋の外を遠ざかって行った。

私の体は、そのまま石のベッドの上に取り残された。腕と腿の皮はほとんど剝がされ、朱色の血管や白い神経が露出していた。

部屋の奥では、タオルを口にした老人が体を大袈裟に揺らせながらメスを大きく動かしている。ベッドのかたわらにある長いバケツには、時々大きな肉塊が音を立てて投げ込まれていた。

係員が二人、ガラス戸をあけて入ってくると、ベッドに近寄って車輪のついた鉄製のベッドに私の体を移した。

車が、きしみながら動きはじめた。係員は、解剖教室の奥にいる老人の方に眼をやりながらベッドを押して行った。

夕照のあふれたガラス窓を通して、老人の白衣の背に樹葉の細やかな影が緻密にゆれていた。

水槽のある部屋にもどった私の体は、すぐに石のベッドの上に載せられた。そして、粗末な毛布をかけられ、その上から腐敗どめのカルボール液を入念にふりかけられた。

仕事が一段落すると、係員は、部屋の隅にある縁台に並んで腰をおろした。

「どうだい、仕事には慣れたかい」

角ばった顔をした地方出らしい男が、もう一人の眼鏡をかけた華奢な顔立ちの男にたずねた。

「仕事はなんとかいいんですが、ただ、女房に勘づかれそうで……。私の体が臭うというんですよ」

眼鏡をかけた男は、臆病そうな眼をくもらせた。

「なんと言ってあるんだね」

「薬品会社に勤めはじめた、と言ってあるんですが……」

「それは困ったね。死臭というのは特殊だからね。私は、帰る時に下着から靴下まで衣服を全部かえて帰ることにしているよ。大学病院に勤めていることは最初から言ってあるし、解剖教室にいることも薄々は知っているらしいんだが、まさか死体を抱いて運んだりしているとは口に出せないからね」

角ばった男の顔には、沈んだ苦笑が浮んでいた。

二人は、そのまま口をつぐんだ。それぞれの眼に、弱々しい色がただよっていた。

かれらは、自然と隣室の奥まった一隅でベッドにかがみ込んでいる老人の方に眼を向けていた。夕映えの中で、白衣だけが際立って明るんでみえていた。

角ばった顔をした男が、隣室に眼を向けながら低い声で言った。

「あの深沢という人は、なぜあんなことに興味を持っているのかね、腐爛した死体の肉を切りとったり内臓をつまみ出したり、臭いだけでも堪らないだろうに……」

「なにをしているんですか」

「骨の標本を作っているんだよ。バラシと言ってね、ああして筋肉や内臓をばらして骨だけにするんだ。そこに甕（かめ）があるだろ」

男は壁ぎわに置かれた一メートルほどの高さの甕を指さした。甕の表面は茶色く、妙に滑らかな光沢があった。

「その中に、若い男の骨が一組入っているんだ。肉のまだ残ってついている骨を甕に入れて、わざと腐らしているんだよ」

眼鏡をかけた男は、甕を不安そうな眼で見つめた。

「半年ほど置いてね、それから取り出して、煮たりブラシでこすったり、ともかくいやな仕事だね。ところが、あの深沢という人は、ふだんはよぼよぼの爺さんだが、あの仕事をやりはじめると若い男のようにいきいきとなるんだよ。眼も嬉しそうに輝いてね。妙な人だよ。もう四十年もやっているそうだが、その間、奥さんも何人かもらって、その度に逃げられているんだ。そうだろうよ。あの人がそばを通るだけで、たまらない臭いがするからね」

男たちは、じっと老人のいる方に視線を送った。

すでに西日も薄らいで、夕闇が解剖教室にも忍び入ってきていた。

老人の扱っている死体は、ほとんど骨だけになって横たわっていた。天井から吊された針金の先には、自転車の部品のように肋骨が少し傾き加減に白々と吊りさがっているのがみえていた。

四

私の体は、週に一度ぐらいの割で解剖教室に引き出され、学生たちの手ににぎられたメスで少しずつ刻まれていった。

皮膚はすべて剝がされ、眼球や爪や両鬢（りょうびん）に残っていた髪までがいつの間にかなくなっていた。手足はむろんのこと、脊髄すら一個一個分解された。

私は、長持に似た長い木の箱に体の諸部分をまとめておさめられていることが多くなった。

係員の異動があった。眼鏡をかけた男がやめた。男の体から発散される異臭をいぶかしんだ妻が、かれを尾行したのだ。

「妻は、その日に実家へ帰ってしまいましてね。どうしても別れると言ってきかないんです。そういうわけでやめさせていただくことにしました。これから実家へ行って妻にも妻の両親にもよく話し、もどってもらうようにします。別の職を探してみます」

男は、憔悴した色を顔に浮べて、角ばった顔の男にそうそうに挨拶すると部屋を小走りに出て行った。

角ばった顔の男は舌打ちしたが、その表情には暗い寂しげな色が濃くはりついていた。

その日の午後、係員が一人で死体にカルボール液をそそいでいると、若い研究室員が人って来た。

「深沢さんが、骨標本を作り上げてね。部長にここで見せるそうだけど、すまないが運ぶのを手伝ってくれないか」

係員は、うなずくとすぐに手を洗い、白衣の男と一緒に出て行った。

しばらくすると、係員と老人と白衣の男たちの手で長い木箱が慎重に部屋の中へ運びこまれてきた。

「そこらでいいよ」

木箱が、床の上に立てられた。

老人は、蓋を取ると、中から白い布につつまれたものを係員の手を借りて外へ抱え出した。

入口に足音が近づいてきて、短く銀髪を刈り込んだ小柄な男が入って来た。老人たちは、頭をさげた。

老人が背伸びをして白い布をはずすと、内部から白い骨が徐々に現われてきた。老人は、白布を取りのぞき、骨標本を見上げた。面映ゆそうな表情だった。

「これか」

部長は、言った。

白衣の男たちも係員も、骨を見つめた。

「きれいだな」

腕を組んでいた若い男が、感嘆して言った。

「女の人体だね」

銀髪の男が、骨を見上げながら言った。

「はい、さようでございます」

老人は少し顔を上気させ、身をかたくして答えた。

骨は白味をおびていたが、どの部分もギヤマンのように透きとおっていた。ことに骨の薄い部分は、後方の物の影を淡く映すほど透けてみえた。

骨すべてが、滑らかなまばゆい光を放っていた。ただ骨の厚い部分だけが、卵をはらんだ目高の腹部のようにほのかな黄味を浮べていた。

人骨は、少女の骨であるらしかった。骨標本は、頭蓋骨をかすかに傾け伏せ加減にしている。姿態が、初々しくみえた。

私は、その人骨が自分のものであるかのような錯覚をおぼえた。人々の視線にさらされて、恥しさに顔を伏せて立っているような気持であった。

しかし、私の体は、茶色い肉塊と薄汚れた骨片の集積でしかない。あの背の曲った老人の手にかかれば美しい骨標本にされるが、これからかなりの年月、医学部の教室で立ちつくしていなければならないはずであった。

私は、その人骨より自分の方がまだ恵まれていると思った。危うく老人の手をのがれた私の体は、すでに分解されつくしてこれ以上人間の役に立つとは思えない。

自分の体の使命は、終りに近づいているらしい。役割が完全に終れば、私にも、死者としての安息にひたることが許されるだろう。深い静寂につつまれた安らぎが……。

骨標本は、悲しんでいるように見えた。顔を伏せ泣きむせんでいるようにも見えた。

部屋の中には、少しの間沈黙が流れた。

「大したものを作ったね、深沢さん」

銀髪の男が、老人を振向いた。

老人は、まぶしそうな眼をした。

「日本ではもちろん、外国でもこんな美しい骨標本はないだろうな」

銀髪の男は、少し声を高めて言った。

老人の顔に血がさした。老人は、じっと骨を見上げている。

骨標本は、老人の視線に射すくめられて燻(くす)んだ部屋の中で肌を光らせながら立っていた。

やがて、白衣の男たちが部屋を出て行った。骨標本は、係員の手で隣接した小部屋に移された。

夕方になった。

係員がホースの水で床を洗い流していると、研究室員が入ってきた。

「まだ、じいさん見惚れているのかい」

白衣の男は、係員に声を低めて言った。

「そうなんですよ、あれからずっとですからね、もうそろそろ私も帰らなくちゃ」

係員は、箒の手をとめ、眉をしかめてみせた。

それから間もなく、入口のガラス戸の所で苛立った係員の声が聞えた。

「深沢さん、鍵をしめますから」

その声がきこえたのか、小部屋の電灯を消す音がした。そして、木の蓋をしめる音がすると暗い廊下に老人の白衣が浮んだ。

老人は、係員に挨拶もせずに黙って夜の闇の中へと出て行った。

五

「さあて、この死体もいよいよお払い箱にするか」

長い箱の蓋を持ち上げた研究室員が、私の体を見おろしながらつぶやいた。

骨という骨はすべて切断され、内臓もいくつにも切られて大きな形をしたものはなに一つとしてなかった。

「こいつは、いつ入室したんだい」

その男は、蓋を持ちながら係員に声をかけた。

係員は、台帳を繰った。

「九月二十七日ですね」

「すると、二カ月半はたったわけだな。たしか、これは親元へ返す死体(ライへ)だったね」

「二カ月の契約です」

「そうか、じゃ、今日、焼骨だ」

白衣をつけた男は、係員にそう言うと蓋を音を立てて落した。

男が部屋を出て行くと、係員はゴム手袋をつけて蓋をあけた。そして、木の箱を持ってきて、私の体の諸部分をつかみ、その中へ入れはじめた。

小さい箱ではあったが誂えて作りでもしたように、私の体は不思議にもその中に過不足なくおさまった。

しばらくすると、部屋の入口から新しい寝棺が入って来た。棺の前後を持っているのは、私を家から運んできた痩せた男と若い男の二人だった。

係員が、声をかけた。

「なんだい、それは」

「養老院のだよ、身寄りがないんだ」

二人は、棺を床の上に置いた。係員が、

「早速だけど、その箱、火葬場行きなんだ。二カ月ちょっと前に新鮮標本をとったろう、若い女の……」

と、二人に声をかけた。

「ああ、あれか。じゃ、焼いたらすぐ親もとへ返せばいいんだね」

「そう、火葬場へも親もとへも今連絡したから……」

「わかった」

痩せた男は、気さくに言うと私の箱を持ち上げた。

木蔭に駐車している黒塗りの自動車のフロントガラスに、枯葉が一枚落ちていた。見上げるとどの樹の葉も枯れていて、乾いた枝が肌をむき出しにしていた。

私の箱を乗せると、自動車はすぐに動き出した。

久しぶりに眼にする街のたたずまいであった。歩道を歩く男も女も冬の服装をし、大通りの片側の商店の家並にあたっている日射しも、冬の気配をみせて柔かい色をただよわせていた。

火葬場は、近かった。自動車は、燻んだ煙突の立っている火葬場の門をくぐった。

煉瓦造りの建物の前の空地には、喪服を着た男や女たちが気怠（けだる）そうに立ったりしゃがんだりして所々に寄りかたまっていた。

自動車は、建物の横に停車した。そして、白衣の男の手で私の木箱はすぐに建物の裏手へ運ばれた。

「これ、頼むよ」

痩せた男は建物の裏口から入ると、長い鉄の棒をもって火の具合を見ていた青い詰襟服の男に、慣れ慣れしい口調で言った。

詰襟服の男が黙ってうなずくと、白衣の男は暗い通路の片隅に私の木箱を置いて出て行った。

私は、しばらくそこで待たされた。詰襟服の男が、何人もかたわらを通ったが、どの男も私の木箱の存在には気づかぬらしく眼を向けることすらしなかった。

火の色を見ていた男が、鉄棒を壁に立てかけると私の方へ近づいて来て、無造作に箱を持ち上げた。

焼却室の中は、煤けて黒くなっていた。円型の小さな窓のついた鉄の扉が閉まると、すぐにごおッと音がして、私の木箱はたちまち炎につつまれた。

木箱が燃え崩れて、私の体は、焼却室の中にひろがった。

火の色は、華やかで美しかった。

初めは単純であった炎の色が、私の体に火がつくと、にわかに多彩な紋様を描きはじめた。脂肪が燃えるのか、まばゆいほど明るい黄味をおびた炎が立ち、時々はじける音がして、その度に金粉のような小さな炎があたりに散った。

炎の色は、さまざまだった。骨からはひどく透明な青い炎がかすかな音を立ててゆらめき、なにが燃えるのか、緑、赤、青、黄と美麗な色の炎が私の周囲をきらめきながら渦巻き、乱れ合っていた。

私は、色光と色光とが互いに映え合い交叉しているのを、飽かずにじっと見惚れていた。それは、一刻の休みもない目まぐるしい変化にみちた紋様であった。

いつか炎の勢いが衰えはじめた。それにつれ火の色も少しずつ単純な色になって、オレンジ色の柔かい炎が私をつつんだ。

私は、自分の骨に視線を据えた。それは、よく熾った良質の炭火に似て赤い透明な光を放っていた。

炎の乱舞が急に熄んだ。周囲の壁が、心持ち黒味をおびてきた。

床が急に揺れ、私は下方の平たい鉄製の箱に落された。私の周囲は、所々薄紫色に染まった灰とさまざまな形をした骨だけになっていた。

鉄の箱が曳き出され、青い服を着た小柄な男が、鉄箸で私の骨をつまんでは素焼きの壺に落した。乱暴な手つきで壺の中を箸で二、三度突つくと、灰を壺の中へあけ、蓋を閉めた。

壺の中は、ぬくぬくとしていて温かかった。地虫の鳴くようなかすかな音をたてている骨もあった。

骨壺は白い布につつまれ、痩せた男の手に渡された。男は、骨壺を手に自動車の中へ入った。

自動車が動き出したが、門の所で停止した。火葬場の門の所から入ってきた派手に彫刻された葬儀車と、それにつづく何台かの乗用車の通り過ぎるのを待った。

やがて、自動車は門の外に出た。

自動車は街中を走り、見おぼえのある長い木の橋を渡った。土手や川岸の草は枯れていた。

自動車は、土手のたもとから低く密集した家並の中におり、ひんぱんに警笛を鳴らしながら曲りくねった路を進んだ。たばこ屋の赤い看板がみえた。

私は、その角から路地の中をのぞきこんだ。はっきりとは知らないが、富夫の家はその路地の奥にあるはずだった。路地には箱車が一台置かれてあるだけで、小さな女の子が一人地面にうずくまっている姿しか見ることができなかった。

ききなれた機械の音がしてきた。自動車は、その音の前でとまった。

黒く煤けた男の眼鏡が、鉛筆芯製造所と記された木札の掛った家の奥からこちらに向いた。眼鏡の玉だけが、鍍銀されたように鈍く光っていた。

見おぼえのある薄汚れた子供たちがどこからともなく出てきて、自動車を取りかこんだ。

自動車の中から白衣の男が骨壺を手に降りると、子供たちの眼に好奇の色が濃く浮び上った。

子供たちの幾人かは、男の後について路地を入った。路地は、雑然としていて狭かった。が、私には、安らいで身を置くことのできる懐しい場所に思えた。

男は、私の家のガラス戸の前に立ち、細い木の札に書かれた薄い墨の跡を眼でたどると、

「ごめん下さい」

と言って、ガラス戸を引きあけた。

父は、いなかった。部屋の中央に、母が一人坐っていた。母の周囲には白けたお面が積まれ、母は絵筆でお面に色を塗っていた。

母の顔がこちらに向けられた。髪はいつものように乱れ、眼には疲れた光が浮んでいた。

「御遺骨を持ってまいりました」

母は彩色の手をとめて、白衣の男と私の壺を眼を細めて見つめた。高く薄い鼻梁が白っぽくみえた。

「お骨を焼いてきました。お受け取り下さい」

白衣の男は、私の壺を胸に抱いて言った。

男の背後には、後からついてきた子供たちの眼が重なり合って家の中をのぞいている。ガラス戸の桟に指を置きながら、私の骨壺と男の顔を交互に見上げている女の子もいた。

母は、身じろぎもせずこちらをながめていたが、

「いりませんよ」

と、物憂げな声で言い、男を無視してまた絵筆を動かしはじめた。

男は、呆気にとられたらしく口を半開きにしたが、気をとり直して、

「いらないんですか、お骨を」

と、少しせきこんで言った。

母の顔が、こちらに向いた。眼がきつく見開かれていた。

「三千円いただいただけで、その上、お骨をお返しいただいても仕様がございませんものね。寺へ持って行きましてもお布施は安くはすみませんしね」

母は、男にさとすような口調で言った。

「実は、失礼なお話かも知れませんが、後で香奠袋をあけてみてあまりわずかなのに驚いてしまいましたの。あれが、病院の規則なのでございましょうか？」

男は、私を抱いたまま白けた表情で黙っていた。

「ともかくそちら様へ差し上げましたものでございますから、よろしいようになさって下さいませ。とやかくは申しませんから」

母の顔には、慇懃な微笑すら浮んでいた。

「本当にいらないんですか」

男の顔は、少し青ざめていた。

「はい。いただきましても御覧のとおり手前どもでは置いてやる場所もございませんし

……」

そう言って母はまた絵筆を取り、お面を拾い上げて彩色をはじめた。

男はそのまま立っていたが、顔をしかめてガラス戸をしめた。子供たちが道をあけた。

「どうしたんだい」

路をもどってくると、若い男が男の胸に抱えられた私の骨壺に眼をとめて、いぶかしそうにたずねた。

「どうもこうもねえや。骨なんかいらないって言うのさ」

男は、自動車の中に入ると荒々しく扉をしめ、床の上に私の壺を落すように置いた。

「薄気味の悪い女でね。上品ぶった声でさ、金が少いっていうんだよ。いらねえから持って帰ってくれっていうのさ。しゃくにさわるから、家の前にこの骨をぶちまけてやろうかと思ったよ」

男は、唇を白くしていた。

自動車は、家並の間の曲りくねった道を引き返した。

私は萎縮した気持になっていた。白衣を着た男たちにも、また母にさえも、全く無用の厄介物になってしまったらしい自分が情なかった。自動車に乗せてもらっていることも肩身の狭い思いであった。

自動車は、長い木の橋を渡った。

平たい達磨船が数隻、ロープでつらなって橋桁(はしげた)の下を河下の方へゆっくりと流れているのが見おろされた。

……骨壺の表面に、九月二十七日没、水瀬美恵子と茶色いペンキで書き記された。

「困ったものだな、納骨堂は超満員だというのに」

研究室の男は、筆を持ったまま顔をしかめていた。

夕方、係員は、新入りの若い係員に私の骨壺を持たせると、大きな鍵をさげて部屋の裏口から外へ出た。

私の骨壺は、西日の華やかに満ちた芝生の中の路を若い男の胸に抱かれながら進んだ。芝生の行手に、常緑樹のかなり繁った林が見えた。すでに夕色につつまれて、樹立の中は黒味をおびはじめていた。

樹々の梢の上から、丸い塔が夕日をうけて華やかに輝いて突き出ている。林の暗冥さと対照されて、それはひどくまばゆく金色に光ってみえた。

林をぬけて、塔の下に出た。それは、石造りの円筒形をした建物であった。その建物も周囲の枯草も夕照を浴びていた。

係員は、塔の下部にある大きな鋲(びょう)の浮き出た扉の方へ近寄った。

「身許不明のものや引取り手のないものは、この中へおさめるんだ」

係員は新顔の男に言うと、大きな鍵を鳴らしながら錠の穴へさし込んだ。金属的な錠のはずれる音が甲高くして、厚い鉄の扉が開かれた。

若い男は、係員の後から恐るおそる中へ入った。建物の内部は、ひどく広く見えた。それは、丸い壁でかこまれていた。

若い男は、立ちすくんで堂の中を眼をあげて見まわした。堂のゆるく弧を描いた壁には、おびただしいほどの木の棚が壁にそって幾重にもつくられ、それが円天井にむかって高々と重ねられている。その棚の上に無数の白い骨壺が整然と隙間なく並べられ、円天井に近いものは鶏卵のように遠く小さく見えた。

「あそこに井戸みたいなものがあるだろう」

係員が、堂の中央を指さした。

コンクリートでふち取られた正方形の穴が、堂の床にうがたれていた。

「一年に一回、古い壺から整理してあの穴に中身を捨てるんだ。もっとも、そんなのは壺の底に少ししか粉が残っていないけどね」

係員は興味もなさそうに言うと、堂の壁に立てかけてある梯子を持って来て、扉に近い新しい棚に梯子をもたせかけた。

係員は、若い男から骨壺を受け取ると、器用に壺を片方の掌にのせて梯子をのぼり、私の名前を表に向けて棚にのせた。

その棚の上には、三個の骨壺がのせられていた。隣にあるまだ真新しい壺の表面には、氏名不詳、女、八月三十日没と書き記されていた。

男たちは、梯子をもとの壁にもどすと前後して扉の外へ出て行った。錠をかける音が、意外なほど大きくきこえた。それは、教会の堂の中にひびきわたる重々しい音響に似ていた。

音は堂の中にいんいんと反響し合い、いつしずまるとも知れなかった。やがて、余韻が徐々に弱まり、入れ代りに深い静寂が霧のように湧いてきた。

堂の中は、冷えびえとしていた。所々に夕闇が色濃く立ちこめている。

その中に数条の光の箭が、堂の内部をさしつらぬいていた。高い円天井の近くに四角い明り取りの窓がくりぬかれ、西日の方向にある窓から夕日の強い光が、スポットライトのように堂の中に放たれている。

その光の先端に照らされているいくつかの骨壺が、まばゆく浮き出ていた。

余韻が消え堂の中に物音一つしなくなった頃、その強い数本の光の箭も少しずつ上向きになり、骨壺を照らしながら徐々に動きを早めると、やがて、円天井の壁に光の輪を寄せ合ってそれを最後に消えてしまった。

堂の中に、濃い闇がひろがった。明り取りの窓にはまだかすかに明るみが残っていたが、そこにもやがて漆黒の夜の色が鉱物のようにびっしりと貼りついた。

私の骨壺は、ひっそりと微動もしていなかった。

黒々とした窓に、星が数個光り出した。

堂の中には、深い静寂がひろがっていた。ただ白い骨壺の列が、ほの白い帯のように幾重にも流れているのが見えるだけであった。

私の骨は、静寂につつまれていた。これが、死の静けさとでもいうことなのか。私は、ようやく得た安らぎの中に身を置いている自分を感じた。

ふと、私はなにかかすかな音を耳にしたように思った。私は、じっとしていた。

空耳か。

堂の中は、静まり返っていた。

また、音がした。たしかにそれは音にちがいなかった。床を虫でも這っているのか。私は、耳を澄ました。

かすかではあったが、また、きこえた。

私は、音のした方向に耳をかたむけた。

ぎしッ、それはあきらかに音であった。かなりはっきりとした音であった。その音は、古びた棚の方向からきこえてくる。

私の耳は、研ぎ澄まされた。

ぎしッ、ぎしッ、ぎしッ、その音は次第に数を増した。

私は、ようやく納得できた。その音は、あきらかに古い骨壺の中からきこえている……。

古い骨が、壺の中で骨の形を保つことができずに崩れている……。

音は、堂の中いたる所でしていた。それは間断のない音の連続であった。時折り、一つの骨が崩れることによって骨壺の中の均衡が乱れ、突然、粉に化すらしい音がきこえることもあった。

堂の中には、静寂はなかった。それは、音の充満した世界であった。骨のくずれる音が互いに鳴響しあっている、音だけの空間であった。

私の骨は、すさまじい音響の中で身をすくませていた。

星と葬礼

一

　葬列が、寺へ通じる坂にさしかかった時、翳（かげ）りはじめていた空からにわかに大粒の雨が落ちてきた。

　路の両側から枝をさしのべた杉木立に、瞬く間に潮騒に似た雨音が増した。

　参列者の足は早まり、かれらの顔にはおびえの色が濃く浮んだ。

　雨脚が急に濃密さをくわえ、雨滴が波濤のような激しさで葬列の上に突き刺さってきた。列が、乱れた。人々は、それまでの慎み深い表情を消して、競い合って寺の軒庇を目ざして坂の傾斜を駈けのぼりはじめた。

　花輪と生花台が、大きく揺れながらのぼってゆく。柩の荷い手は、御輿をかつぐように声をかけ合って走った。

　すさまじい雨しぶきで、坂は、滔々（とうとう）と水の落下する滝壺のように白く煙った。

藁葺きの寺の軒に、喪服が相ついで駈け込んできた。花輪が傾いたまま寺の柱にもたれかかる。飛沫につつまれながら、柩が四人の荷い手とともに寺の木階の上に乗り上げた。

一時に、寺の軒下は華やかな色彩で満ちた。

人々の体は雨水に濡れ、喪服は一層黒味を冴えさせて、裾から点滴するほどの多量の水をふくんでいた。人々は、悲痛な叫びをあげながら、手拭で喪服を拭き、中には堂に上って喪服をぬぐ者さえいた。

雨はさらに勢いを増し、藁葺きの寺の庇から雨水が落ち、風もくわわったのか寺の周囲の繁った樹葉は、たがいに身をすり合わせて雨水を撒き散らしながら大きく揺れ動いていた。

人々はようやく落着きを取りもどすと、驟雨におそわれた坂の方向をあらためて見おろした。杉木立は激しい雨脚につつまれて白く煙り、坂には、浅い川床に化したような早い水の流れが走っていた。

ふと、人々は、その坂を一人の小柄な男が伏目がちにのぼってくるのを眼にとめた。男の頭にも肩にも、雨脚が白い飛沫を立てている。その男の肩にかつがれた数本の鍬は、雨に洗われて一層その刃先を瑞々しく光らせていた。

人々は、それが葬列の一員として最後尾につきしたがっていた次郎であることに気がついた。

人々の眼にいぶかしげな色が浮んだ。なぜ次郎は、雨の中を粛然とした足取りでのぼってくるのか。かれらは、たがいに顔を見合わせた。

かれらは、次郎の歩き方を見ているうちに、急にあることに気がついた。

次郎は、葬列とともに歩いているのだ。あたかも自分の前に葬列が粛々と進んでいるように、次郎は最後尾で鍬をかつぎ葬列につきしたがって神妙に歩いているのだ。

人々の胸に、羞恥の感情が湧いた。葬列は、まだ寺へは到着していない。次郎とともに坂をのぼりつつある。

人々は、顔をこわばらせた。たとえ驟雨におそわれたとしても、死者を葬るという厳粛な儀式に、迂闊にもそれを破る取り乱し方をしてしまったことが悔まれた。

次郎の雨に打たれながら歩いてくる姿が、崇高なものに見えた。葬列が、雨の中を一層厳粛さを保ちながらのぼってくるようにさえ思われた。

しかし、人々の間にはわずかながらたがいに慰め合う感情が流れていた。遺族ですら、すでに寺の中へ駈け込んで来ている。次郎の行為が、尋常ではないのだ。それは、次郎の脳が常人のそれとは異なっているからにほかならない。

人々は、安らいだ気持を取りもどし、坂の方向から意識的に視線をそらせた。濡れた棺を拭いて堂の中に運び込んだり、花輪を立て直したりしてあわただしく動きはじめた。

次郎が、雨に打たれて寺の軒に近づいてきた。

りしていた。

「御苦労さん」

人々は、顔をあげ無造作に声をかけると再び視線をそらせ、生花を堂の中に運び込んだ
次郎はそのまま寺の軒の隅にゆき、濡れ光った鍬を石畳の上へおろした。おもむろにズボンのポケットから手拭をとり出し、頭を拭き手足をぬぐった。

堂の中に参列者が入り、軒の下には次郎一人きりになった。

次郎は、荒い肌ざわりの石の上に腰をおろし、涼やかな眼で坂の方をながめおろした。坂は、雨勢がひとときの弱まると黒土の冴えざえとした色を浮き出したが、またひとしきり雨が激しくなると雨しぶきで白く煙る。

次郎は、鍬の束をかかえて坂を見つめた。

やがて、堂の中から鉦(かね)の音と低い僧の読経の声が、雨音にまじって流れ出てきた。


次郎は、葬儀をひどく好んでいた。それは、幼い頃の鮮烈な印象がかれの胸に強く焼きついているためだといっていい。

父の死につづく通夜とその翌日の葬儀。次郎は、多くの人々が家に集って来ていることにひどく興奮していた。次郎は、さまざまな人に抱かれ、頭をなでられた。眼を赤くして、じっと見つめる女の人もいた。家の中にはまばゆい光と多彩な食物が並び、華やかな儀式

とそして墓所への葬列があった。

　それからの母と二人きりの地味な生活を考えると、その折の光景が、侘しい村祭りに一店だけ出ている露店の裸電球に照らし出された屋台のように、その部分だけ華やいだ記憶となってかれの胸に残っている。

　次郎は、葬儀があるときくと、その賑やかな雰囲気にひかれて出掛けて行った。通夜をしている家の近くに長い間立っていたこともあった。どんな貧しい家にも、その夜だけは集魚灯に似た明るい光が暗い路地の一角を照らし、多くの人々が、その光に誘われるように家の中を絶え間なく出入りしていた。

　次郎は、初めの頃、ナフタリン臭い人々の喪服と、生花台、花輪、まばゆい光、そして柩にかけられた真新しい白布などの華やかな色彩に眼をひかれていた。が、数多く葬儀を眼にしているうちに、それらの儀式に一定の秩序があることを見出し、やがて次郎は、その狂いのない筋道の正確さに心を強く奪われるようになっていた。

　次郎の葬儀に対する関心は、体の成長とともにたかまった。自分の住んでいる市の中はむろんのこと、近在の村々にまで葬儀があるときくと必ず出掛けて行く。土地の習慣で、埋葬はほとんどが土葬とさだまっていた。それだけに、葬儀の進行は複雑であった。

　次郎は、棺が土中に埋葬されるまで、その葬儀の順序を自分の眼でたしかめながらついて歩いた。――次郎にとって、葬儀に対する最も重要なことは秩序が確実に保たれているかどうかであった。

いつの間にか葬儀に眼の肥えはじめた次郎は、葬儀に出掛けて行った折に、秩序からはずれた一、二の瑕瑾を見出すことがあった。それが全く修正されずに儀式がそのまま進行してゆくと、次郎は重苦しい気持になった。花輪と花台の順序が葬列で逆になっている場合がある。柩をしばる細い藁縄の結び方がひどく粗略に扱われていることもある。さらに埋葬の折、墓穴の棺に土を落す親族の、鍬を手にとる順番が狂っていることもあった。

次郎は、そんな時苛立ちを感じると同時に、葬儀に関係している人々の無知に腹立たしさをおぼえる。

かれは、堪えきれずに世話役に過ちを指摘することがある。ほとんどは怪訝（けげん）そうな表情をして、それから急に腹を立てて低い声で叱りつけるか、中には物蔭に次郎を連れて行って、血の出るほど殴りつける者もあった。

しかし、次郎は、そんなことにも一向ひるむ様子も見せず熱心に葬儀に姿を現わした。いつの間にか人々は、次郎のことを噂し合うようになった。まず人々は、次郎がなぜ葬儀があるのを察知するのか不思議がった。次郎が脳に欠陥のある十六歳の少年にすぎないことから、一層その行動が神秘的な奇異なものに思えるのだ。

どんなささやかな葬儀にも、次郎は必ずといっていいほど姿を現わす。人々は、そうした次郎の死を察知する異常な行動に無気味さをおぼえ、かれの姿を眼にしただけであわてて道を避ける者すらあった。

それがある年の春、市内の富裕な材木商の家に葬儀が営まれた時から、人々のかれに対する眼にいちじるしい変化が起った。

死者はその材木商の主人の妻で、三年越しの結核で死んだという噂が立っていた。病菌におかされて死んだ遺体は、土地の習慣から当然、市のはずれにある河原の近くの火葬所にむかわねばならない。が、世間態をはばかったその死者の夫は、死因をかくして敢えて妻を土葬することにさだめたのであった。

徳望もあり家格も高いこの家の葬儀には数百人の会葬者が集り、葬列は寺まで果しなく延々とつづいた。

盛大な回向もすみ、いよいよ寺の裏手の墓所で埋葬ということになった。その時、思いがけぬ出来事が起った。

大きな墓所には、新たに長方形の墓穴がすでにうがたれていたが、その掘り上げられた土塊の中に一個の頭蓋骨がまじっていたのだ。

その頭蓋骨の主は、墓穴の隣に立っている墓石の碑銘と顴骨（かんこつ）の極度に突き出ている形態から推して、あきらかに二年前に埋葬された材木商の母、つまり死者の姑の頭骨にちがいなかった。

埋葬に立ち合った人々は、狼狽した。まず人々は、習慣どおり死者は当然、火葬に付せられるべきものであったと思い返した。さらに、死んだ姑が、今、埋葬される死者と生前ひどく不仲であったことも想い起した。頭蓋骨は、眼窩(がんか)に土をはめこみ、顔をそむけるようにして土の中から白々とした骨の色をのぞかせていた。それは、病菌に蝕まれた嫁の死体が、隣接した場所に埋められることを忌避している印象を人々にあたえた。

周囲の白けた空気を敏感にさとった喪主は、顔色を変え、気の毒なほどうろたえた。妻の柩の上に土を落すにしても、まず露出している母の頭蓋骨の処置をすましてからにしなければならない。が、すっかり気も錯乱してしまっていた喪主は、その不慮の出来事を人々の眼から一刻も早く隠蔽するために、あわてて人夫に柩を墓穴の中におろすように命じた。

その時、突然、甲高い声が、静まり返った人々の後ろから起った。

「だめだよ、そのまま入れては……」

人々は、ぎくりとしてその声の方向を振返った。材木商の顔からは、一層血の色が引いた。

人々の青ざめた視線の先に、ひどく興奮した次郎の顔があった。

次郎は、人々の体をかき分けて墓穴のふちに進み出て来た。かれの顔は、怒りと苛立ちで紅潮していた。

「お棺の上に、そのお骨を載せてからおろさなければだめじゃないか」

次郎は、頭蓋骨を指でさししめした。

「そのお骨は、仏さまが来たのを喜んで出てきているんだ。だから、お棺の上に載せてあげなければいけないよ」

次郎は、こうした場合の処置に全く不案内な人々の愚かしさが腹立たしくてならないらしく、唇をかすかに痙攣させていた。

気まずい空気が、たちまち融解した。次郎の言葉が断定的な強い響きをふくんでいたので、人々は素直にその言葉を受けいれた。

人夫は、次郎の指示どおり柩の上にその頭蓋骨を載せて静かに墓穴の中におろした。

……次郎が、お布施という形で金包みをもらったのは、その時が初めてであった。

その折の次郎の言動は、会葬者が多かったことも手伝って、瞬く間に市の内外につたわった。住民たちの次郎に対する態度が一変して、むしろ、次郎が忽然と葬儀に姿を現わしてくれることを、仏に対する供養とさえ考えた。そのあらわれとしてわずかながらも次郎にお布施を出すことが、いつか葬家の習慣にさえなった。

しかし、次郎にとって、お布施をもらえるよりも、その時を境に葬儀の一端にくわわるのを許されるようになったことの方が嬉しかった。

葬儀の一員にくわわる……ということは、次郎にとっての長い間の夢であった。次郎は、葬列でなにかをかついで歩いてみたくてならなかった。むろん、葬列の中心——柩をかつぐことが理想ではあったが、それはその地区の家々に順序正しく振りあてられるものであったし、また、花輪も生花台もそれぞれ死者との縁の濃淡によってかつがれるものであることを、次郎は今までの経験から熟知していた。葬儀に秩序正しさをもとめる次郎は、このような希望を初めから思い切りよく断念しなければならなかった。

が、次郎の希望は、埋葬時に使う鍬をかつぐということでかなえられた。かれは、すこぶる満足であった。かれは、丹念に研ぎ光らせた鍬を数梃肩にかついで、葬列の後尾につきしたがって葬列とともに神妙に歩いた。

次郎はまた、長い間多くの葬儀を眼にしてきた知識を実地に活用する機会もあたえられるようになった。かれは、柩を荒縄で蓮華を象徴した形で巧みにむすび、墓穴の深さ・広さを指示して埋葬に従事した。

かれにとっては、葬儀はあくまでも整然とした秩序のもとにおこなわれなければならないものであった。いささかの乱れも許さない一定の約束のもとに、正しく進行されなければならないものであった。

……次郎が、激しい驟雨の中で、心の動揺も見せずに歩みを乱さなかったのは、こうした葬儀に対するかたくなな解釈によるものであった。

二

その日の埋葬は、寺の裏手の雨あがりの墓地でおこなわれた。すでにうがたれた墓穴には澄んだ雨水がたまり、日をうけてまばゆく濡れ光った樹葉の繁りが、水の上にひときわ冴えた緑の色を落していた。

柩が、穴の中におろされた。バシャッという魚のはねるような水の音がして、柩が雨水の中につかった。

鍬で土がすくわれた。濡れた土は、柩をおおった白布の上に湿った音を立てて落ちた。土が雨水をふくんでいるので、埋葬後の盛土はひどく膨れて堆(うずたか)くなった。次郎は、掌で丹念に土を叩き、藁莚(わらむしろ)をかぶせ、その上に大きな石をえらんで載せた。

次郎は鍬を丁寧に洗ってから、雨あがりの道を人々からおくれて葬家にもどった。次郎は勝手口へまわり、板の間に坐って煮しめを盛った皿を前に飯を食べた。そして、半紙につつんだお布施をもらうと、外へ出た。

田の畦をつたい、国道に出た。舗装路には、雨の名残りが所々まだらに残っていて、陽(かげ)炎(ろう)の立った道をパルプ工場へむかうトラックが、材木を積んで通り過ぎて行ったりした。

次郎の姿を目ざとく見つけた子供たちが、狡猾な眼をして近づいて来た。

「ジロー、また葬式があったのかい」

「お布施はいくらもらった。その金で何を買うんだい」

子供たちは、一定の間隔をたもってはやし立てながらついてくる。

しかし、次郎は、黙ったまま足を早める。かれがそれにさからう気配を少しでも見せれば、子供たちは一層次郎を嘲弄することに熱中するのだ。

遠く起伏してつらなる山々が、石油色に暮れはじめていた。シャツの濡れは乾き、代りに汗が湧いてきた。

市のはずれにある鉄骨の橋にかかった頃、広い河原にはすでに夕闇が立ちこめていた。灯のともりはじめた家並の中に入った。夕方の妙に静けさのひろがる一刻で、道にも人の姿はとぼしかった。

次郎は、道を折れて古びた板の集積のような家々の密集した一角に入って行った。屑を集める箱車がいたる所に置かれていて、路地をひどくせばめていた。

目的の家が、暗い路地の奥に見えた。かれの足は、急にその場に釘づけになった。

その粗末な家には、時子が寝起きしている。数週間ほど前、時子は、病臥している父にともなわれて鉄道自殺をはかった。その父親は、嬰児を背負った時子の体を抑えつけてレールの上に端坐していたという。幸い列車の通過寸前に保線夫に発見されたが、地方紙にも報道され話題のとぼしい市民の関心をひいた。その記事によると、時子の母はパルプ工場に勤めていたが、父との不和から家をはなれていた。家計はひどく窮乏していたということであった。

次郎は、その翌日、町なかを警察官にともなわれた時子が父親とともに家にもどるのを眼にした。時子は、人々の視線に悪びれた風もなく嬰児を背負って足早に歩いていたが、父親の方は警察官に腕を支えられおぼつかない足取りで伏目になって歩いていた。時折り凝視する人々の方に顔をあげたが、その眼には拗ねきったゆがんだ色が浮んでいた。

次郎は、暗い路地でためらった。今にもその家の入口から、寝巻をまとった青白い顔をした時子の父がよろめき出てきそうな気がしてならなかった。

赤子の泣き声がきこえてきた。咽喉の裂けるような嗄れた声であった。泣き声が、単調につづいた。

大人の叱りつける甲高い声がきこえた。

家の入口に人影がさし、嬰児の泣き声とともに小柄な女の子が、肩をゆすりながら路地に出て来た。少女は、体をゆるやかに左右に動かしながら肩を小刻みにゆすっている。手慣れたあやし方であった。

路地に出た少女は、すぐ路地の入口にたたずんでいる次郎に気づいたらしかったが、かたい表情のままなおも肩を動かしつづけていた。

次郎は、歯を見せて微笑した。それを眼にとめたのか、少女の肩の動きが静まり、いぶかしそうに暗闇を透してかれの方を凝視した。

かれは、一層口もとをゆるめてみせた。少女の肩の動きがとまり、しばらく眼をこらしていたが、やがて恐るおそる近づいて来た。暗い路地の中で、少女の細い眼が光った。

かれは、少女が近くにくると、うろたえ気味にズボンのポケットを探り、少し湿りをおびた紙包みを取り出した。

時子は、怪訝そうに紙包みと微笑している次郎の顔をくぼんだ眼で見くらべた。

「今日、葬式があったよ」

次郎は、ようやく口を開いた。

「お布施をもらったからね、これをあげるよ」

次郎は、紙包みを時子の前にさし出した。

時子は包みを見つめ、次郎の顔を見上げた。時子の骨格はおさなく貧しかったが、体つきや顔には生活的な色が膠（にかわ）のようにしみついていて、子供らしい表情ではなかった。

「ほら」

次郎は、紙包みをさらに突き出した。

嬰児は、戸外の空気にふれたためか時子の首筋に小さな頭をもたせて薄く眼をとじている。

時子は、無表情に自分の前に差し出された紙包みを見つめている。

次郎は、時子の沈黙が少し不安になった。

「いらないのかね」

次郎が時子の顔色をうかがうと、時子の骨ばった手が伸びて紙包みをつかんだ。

時子が次郎の顔を見上げた。わずかに面映ゆ気な色と大人びた媚びが、くぼんだ眼の中にまじり合って浮んでいた。

次郎は、満足そうに微笑した。

時子も、かすかに頬をゆるめた。紙包みをひらいて三枚の百円紙幣を取り出し、次郎のかたわらをすり抜けて通りの方へ走りはじめた。

嬰児が、首をゆらせながら時子の背ではねた。痩せた時子の小さな体には、背中にくくりつけられた物がひどく荷重なものに見えた。

次郎は、機嫌よく笑いながら時子の後を追って明るい通りへ出てみた。が、左右を見渡しても時子の姿はなかった。

かれは、しばらくたたずんで道をうかがっていた。家並にもすっかり夜の色が落ちて路上に商店の灯が流れ出ていた。

次郎が時子にお布施の金をあたえようと思った直接の原因は、星に関係があった。

星空との交渉は、五歳の時からはじまっている。

その夜、かれは、家の軒端で夜空に散った星の光を幼い眼で見上げていた。どれほどの時間が経過した頃か、かれは、不意に自分の体が星空に吸引され浮上して行くような眩暈(めまい)

におそわれた。体の均衡を失って仰向けに倒れ、戸口の敷石の角に後頭部を叩きつけた。

その夜から次郎は、毎夜夢を見、激しくおびえてうなされた。夢はいつも一定していて、きまってかれは星空の中の一つの星に化していた。夢の中で、かれは淋しさにもだえ泣きわめいた。果しない夜空の中空にかかる、ほのかな光しか発しない小さな星。家も母もはるか下方にあって、自分の周囲には静寂につつまれた夜の闇だけがある。父が死んだとき「お父さんは星になったのだ」と沈鬱な表情で言った母の言葉が、そんな夢をかれに強いたのかも知れない。

一月ほどすると、次郎はうなされることもなく熟睡するようになった。が、眼の光は鈍く、言語は不鮮明になった。知能の発育は、その時からほとんど進まなくなった。そして、かれの後頭部には、その折の名残りのように釣針型の月のような傷痕が、妙になめらかな皮膚を毛根の中に鮮明に残していた。

星に対する恐怖は、その後、意識の底にかなりの間のこっていたが、やがてそれも遠い記憶となって薄れ、それと入れ代りに星空に対する懐しさに似たものだけが心を占めた。

しかし、幼い頃の畏怖が潜在的に作用しているためか、かれは、決して立ったままの姿勢で星空を見上げることはなく、必ず草の上や物干台に仰臥して夜空を見上げていた。

星空に接する機会の多い次郎は、星の光に満たされた夜空に、いくつかのかれなりの発見をしていた。

まず、かれは、夜空一面に散った星の配置が、葬儀の進行と類似した秩序立った図を描いているということに気づいた。ことに空気の澄んだ冬の夜など、その配置は精巧な機械の内部に似て一個一個の星がみがきぬかれた部品のように、たがいに他のおびただしい星や星雲と整然とした関連を保ちながら冴えざえと光り輝いてみえる。

かれは、また星空が夜空という文字盤を持つ巨大な時計だ、ということにも気づいていた。

かれは、北方のパルプ工場の黒々とした煙突の上に、決して動くことのない鋭い光を放つ一つの星を見出していた。つまりそれが時計の針の支点で、夜空の星は、その北方の星を中心に時の移るにつれて大きく左まわりにゆっくりと回転している。

瑞々しく光る星が、文字盤に象嵌（ぞうがん）された貝殻にも思え、蛍光を発する夜光時計の刻点にも見えた。

かれは、その夜空の大時計をひとりたのしんだ。そして、四季の移り変りに応じ星空の運行を見て、正しい時刻も知るようになっていた。

しかし、この発見を他人にもらす機会はなく、たとえ口にしたところで人々から黙笑されることを、次郎は朧気ながらも意識していた。

それが、数日前の夜、かれは、初めて自分以外の者に星空のことについて語って聞かせることができた。その聞き手が、時子であった。

次郎は、星を見上げるのによく市の中をつらぬく川の土手の傾斜を使う。その夜も、星が夜空に冴えざえと光っていたので、かれは、家を脱け出すと土手を登った。

いつもかれの寝ころぶ傾斜に小さな人影が坐っているのが見えた。それは痩せこけた赤子を背にくくりつけた少女であった。

「何を見ているのかね」

かれの屈託のない声に、少女が振向いた。

かれは土手の傾斜を下り、少女の坐ったところから少し離れたところに腰をおろした。

「星を見にきたのかね」

かれは、親しみのこもった声で言った。

少女は、星明りに浮び上っているかれの顔を見つめていたが、それが次郎だとわかると口もとにかすかに軽侮の色をただよわせた。

「おれは星を見にきたんだ」

かれは、自分自身にいいきかすようにいうと、満足そうに寝ころび、明るんだ眼で星空を見上げた。

少女は、蔑んだ眼で次郎の寝姿をながめながら、

「星なんか見てどうするのさ」

と、挑み気味の声で言った。

「星は、死んだ人だからね。死ぬと、人は星になるんだ」

次郎は、星空を見上げたまま言った。

「バカ」

少女は口もとをゆがめた。

「知らないのかい。じっと星を見ていてごらん。匂いがしてくるだろう。蛍のお尻のような草っぽい匂いがさ。あれが、死んだ人の匂いなんだよ」

次郎は、草の茎の間から少女の顔をうかがった。

少女の口もとにはまだゆがんだ微笑が浮んでいたが、次郎の断定的な言葉にわずかに気が動いたらしく、ひそかに地平線に近い夜空に光る星に視線を向けた。

「それから、星は時計なんだよ。何時だか、星を見ればわかるからね。あそこの森の上に出ている星ね、あれが十一時になると、あの鉄橋のたもとあたりに落ちて消えてしまうよ」

次郎は、寝ながら指で星をさししめした。

少女は、疑わしそうな眼でかれの指先の方向を一瞥した。

「全く星ってたくさんあるからね。暗くってなにも見えないところでも、見つめているうちに何十って星が浮き出してくるんだから」

少女は、首を曲げて星空を見上げた。嬰児は寝ているらしく、細々とした首筋をほの白く浮び上らせて頭をのけぞらしていた。

二人は、星明りの中で黙ったまま夜空を見上げていた。

ふと、少女が、

「今、何時頃かな」

と、不安そうにつぶやいた。

次郎は、

「そうだな」

と、悠揚としたしぐさで星空を見まわした。

「九時だな、丁度」

かれは、はっきりした口調で言った。

少女の表情がかたくなった。

「うそ」

「ほんとうだよ」

かれは、否定されたことが心外らしく半身を起した。

「見てみなよ。あの火の見櫓(やぐら)の少し上に大きな星が出ているだろ。今は夏だから、丁度九時なんだ」

かれは、苛立たしそうに言った。

少女は、黙り込んで火の見櫓の上に光る星を落着きのない眼で見つめた。が、それでも少女はしばらくそのまま頑なに坐っていたが、急に不安を抑えきれぬらしく立ち上ると、土手の傾斜を小走りにのぼって行った。

次郎は、少女に疑われたことが不満で、少女の姿が土手の高みから消えると拗ねて草の上に荒々しく寝ころんだ。

翌日、かれが大通りの電柱にもたれて自動車や自転車の通るのを見ていると、道を横切って昨夜の少女が近づいて来た。

少女は、薄く笑ってかれの前に立った。

「ジローは馬鹿じゃないね。昨夜家へ帰ったら九時ちょっと過ぎだった。父ちゃんに叩かれちゃった」

少女は、かれの顔を見上げながら悪戯っぽい眼をしてみせた。

次郎は、薄い肩を見せて遠ざかる少女の後ろ姿を見送った。

胸の中に満ち足りた感情が湧いていた。自分のことを認めてくれた唯一の存在。かれは、遠ざかって行く小柄な少女の後ろ姿が、自分にとってこの上ない貴重なものに思われた。

その後、数日の間、かれの頭からは少女の映像が離れなかった。

かれが、お布施を時子に手渡したのも、時子に対する親しみをなにかの形で表現しようという心のあらわれにほかならなかった。

三

山に近いこの地方都市の夏は比較的しのぎやすかったが、その年の夏は、例年にない蒸し暑さだった。

日増しに強まる熱気と湿気で、人々の顔には気怠い疲れの色が濃くなった。それにつれ、葬儀のおこなわれる度数も急速に増し、日に二ツ三ツと重なる日も稀ではなかった。

朝、次郎は早目に起きると、まず、市のはずれの河原にある火葬場へ足を向けるのを日課としていた。火葬場は、伝染病で死んだ者や貧困者や、土葬を嫌う他の土地からの移住者たちだけが使用しているだけに、死者の葬儀は控えめで、かれの眼にとまらないこともある。そのためかれは、毎朝必ず火葬場のトタン張りの粗末な建物に行って確かめてみるのである。

建物の中には、煉瓦造りの焼骨竈がある。かれは、その中に手をさしのべて灰に手をふれてみる。死者は、夜間遺族たちの手で焼かれ、夜明け近くに骨が拾われるので、焼骨がおこなわれた朝にはまだ十分に灰に温みが残っていた。

そんな日には、次郎は、焼骨された死者の身許を確かめるために市役所や近在の村役場をまわって歩く。

また、一般の土葬をする死者の有無をしらべる方法として、市内外の葬儀すべてを引きうける市に二店しかない葬儀店へ行ってみる。葬儀のある前日には、補修・新造された花輪が店先に立てかけられ、店の中では、造花を輪に飾りつける作業が店の者によっておこなわれているのが常であった。

次郎は、夏の熱い日射しの中を丹念に葬儀に出向いて行った。雨の日には、番傘をさして家を出た。

母は、次郎が葬儀に出掛けて行って小まめに手伝っていることを、かなり前から人づてにきき知っているらしかったが、次郎の行動には無関心であった。

和裁の個人教授をしている母のもとへは、夜、若い女たちが集ってくる。娘たちは、よくしゃべり、よく笑う。

ある夜、娘の一人が母に言った。

「先生は、なぜ再婚しないんですか」

母は、切れ長の眼に翳りをみせると、

「子供が可愛いからなのよ。人並でない子は、一層不憫でね」

と、うるんだ声で言った。

しかし、次郎は、その言葉が偽りであることを知っていた。かれは、或る夜、襖越しに母と伯父との会話をぬすみ聴いた。

母は、畳に伏して泣いていた。母は、しきりに「あの子さえいなければ……」と、何度も繰返し言っていた。伯父から話のあった縁談が、次郎のいることから破談となったためにちがいなかった。

次郎は、母の真意に気づいていた。母は、自分を忌み嫌っているにちがいない。母の眼は、それをはっきりとしめしていた。

かれが家にほとんどいないのも、母の眼を見ることがいやでたまらなかったからだった。葬儀の数が増したことは、家から外へ出て行く度数も増すことで、次郎にはこの上ない好都合なことであった。

かれは、葬儀が終ってお布施をもらうと、必ずそれを手にして時子の家のある路地に行く。勇をふるって、家の中をおそるおそるのぞいてみたこともあったが、時子はいつも留守で、小舎には蒼白な顔をした父親が一人ふとんに横たわっているだけであった。

次郎の気持は、落着かなかった。夜、時子に会えそうな気がして土手へも行ってみた。ふと、赤子の泣き声を耳にして、あわててその声の方向に視線を走らせることもあった。が、時子の姿は、不思議にも次郎の眼にふれることはなくなっていた。

それが、半月ほどたったある午後、かれは、ようやく時子の姿を眼にすることができた。次郎は、葬儀にくわわるため道を急ぎ足に歩いていた。その時、路地の入口から嬰児を背負った少女が不意に姿を現わした。

かれの眼には、それが一瞬、時子であることが理解できなかった。それほど、時子の体は一層痩せて、皮膚の色も薄黄色く血の気がなくなっていた。

時子は、そのままたたずみ、光の失せたくぼんだ眼をわずかに動かしてから、また路地の中に姿をかくした。それは、殺鼠薬を服んだ鼠が穴から明るい部屋の中にひょろりと出てきて物憂げに立ちどまり、まばゆそうに穴の中へもどる姿に酷似していた。

かれは、しばらくの間立ちすくんでいたが、急に気づいて道を走り路地の中に駈け込んだ。

汚れきった布につつまれた赤子を背負った時子が、箱車のかたわらを歩いて行くのが見えた。

かれは、声をかけることもできず立ち止った。時子の細い肩が、小舎の中へ消えた。

四

残暑がつづいた。

雨が少く、近在の田畠は乾燥しきって市の内外にも眼の眩むほどの陽炎が立ちつづけていた。

次郎は、ある日の午後、時子が半裸の嬰児を背に暑い陽光を浴びながら歩いて行くのを見た。

かれは、小走りに時子に追いついた。嬰児は、背中に汗を一面に浮べ、死んだように眠った顔を日光にさらしていた。

「どこに行くのかね」

かれは、時子と肩を並べ親しそうに言った。

時子が、かれの顔を見上げた。血色の失せた顔は日焼けして妙にどす黒く、小作りな鼻梁が骨ばっていた。

「母ちゃんを探しに行くんだよ」

時子の声は、感情のない細いかすれた声だった。

パルプ工場へむかう大型のトラックが、コールタールのにじみ出た舗装路にタイヤの跡を残して、二人のかたわらをかすめ過ぎて行った。

次郎は、時子と並んで歩くだけで満足だった。

「ついて行ってもいいかね」

かれは、声を浮き立たせながら言った。

時子は、次郎の声がきこえぬのか無言で歩きつづけている。

顔に汗が絶えず流れていたが、時子はぬぐうのも億劫らしく顔の濡れるにまかせていた。

橋に通じる坂にかかった。川筋の対岸にパルプ工場の煙突が見えてきた。すでに夕刻も近かったが、強い陽光が鉄骨造りの橋の上にまばゆい光を反射させている。

時子の足が、橋を少し渡りかけたところでとまった。時子のくぼんだ眼が前方に注がれた。

次郎も立ちどまり、橋の上をながめた。

長い髪をした若い男が、ハンドルに弁当包みをさし込み、自転車に乗って橋の上をこちらに進んできている。その男の腰に後ろから手がまわされているのが見えた。

男は、陽気に笑い、時々おどけて車体を左右に激しくゆすった。その度に、男の背後から女の嬌声が起った。次郎は、その笑い声に誘われて頰をゆるめた。

自転車のパイプが輝き、汗の浮いた男の顔が若々しく光った。袖まくりしたワイシャツが、橋の上にまばゆいほど白く見えた。

自転車が、かたわらを通り過ぎた。

その瞬間、次郎は、時子が急に自転車の後を追って駈け出すのに気づいた。自転車は、橋のたもとから土手ぞいに左に折れた。

時子が、駈けながら叫んだ。荷台に乗って男の腰に手をまわしていた女が、振向いた。小太りの眼の細い女だった。自転車は、坂にかかりブレーキの音をさせながらも、速度をかなり増していた。

時子は、叫びつづけながら一心に坂を駈けくだった。その叫び声は、次郎の知っている時子のものとは思えない子供らしい甘えにみちた声だった。時子が、急に幼児にもどったような切ない叫び声だった。

「帰りな、帰りな」

遠ざかって行く自転車の上から、女は振向いたままの姿勢で照れ臭そうにしきりと手を動かした。

時子の背中では、嬰児の細い首がちぎれそうに揺れた。時子は、駈けつづけた。

自転車が、遠く密集した家並の方向に曲るのが見えた。女の体は、前向きのまま少し身を反り加減に自転車とともに消えた。

時子は叫びながら走り、やがて、角を曲っていった。

その折の光景は、次郎に強い印象となって残った。かれにも自転車の荷台に乗っていた女が時子の母であるらしいことはわかった。小太りの女は、健康そうでひどく陽気に見えた。あの青白い病身の男や時子や嬰児と同じ家族の一員とは思えぬ、別の世界に住む女のように思えた。

自転車を操っていた男は、時子の母親とくらべるとはるかに若く、そして無邪気に見えた。が、時子の母親は、その若さにとけこんでいた。

二人の間にどのようなつながりがあるのか、次郎には漠然として理解はできなかったが、二人の陽気さの中になにか淫靡な秘密がひそんでいるらしいことを朧気ながら感じとっていた。

次郎は、なんとなく時子と会うのが億劫になった。時子には、次郎の到底理解のできぬ家庭的な重圧がのしかかっているらしく、それがかれには空恐しく感じられ、接触を保つことが不安でならなかったのだ。

かれは、いつの間にか時子の家のある路地にお布施を手に入りこむことはなくなっていた。

九月も半ばを過ぎると、ようやく秋らしい気配がただよいはじめ、夜空の星も冴えを増した。

市の大きな銘木店で、葬儀が出た。華やかな葬列が大通りを進み出すと、葬列の周囲におびただしい子供たちがむらがった。

子供たちは、この葬儀には必ず寺の境内で花籠が子供たちに振舞われることを敏感にさとっているのだ。

次郎は、鍬を肩に葬列の中にくわわっていたが、子供の群れの中に嬰児を背負った時子の姿を見出した。その顔は、顔色の悪いことで子供たちの中で際立ってみえた。

次郎は、時々振返っては時子の姿を眼で探った。時子は、血走った眼で子供たちの間に揉まれながら小走りに歩きつづけている。

葬列の進むにつれて子供たちはさらに数を増し、寺に柩が到着した頃には、境内も子供たちの体でうまっていた。

柩が寺の本堂に入ると、やがて鉦の音が灯明のゆらぐ本堂で鳴りはじめた。同時に数人の僧の唱和する読経の声が、広い境内にひろがりはじめた。

次郎は、世話役から青竹の先につけられた花籠を受け取った。花籠を振るのはいつの間にか次郎の役にさだめられ、かれもその役目を誇りに思っていた。

花籠は、大家の葬儀にふさわしい大きなもので、籠の内部の貨幣の量も多く青竹がしなうほどの重味があった。

次郎が、青竹をつかんで寺の石段を下りはじめると、境内に群がっていた子供たちが石段の下に走り寄ってきた。

かれは、一段一段石段を下りながら眼を走らせて時子の顔を探した。石段の下の最前部に体を押されながら、青竹の先の花籠を上眼で見つめている時子の姿に気づいた。時子の眼は、瞬くことを忘れたように花籠に注がれている。

次郎が境内に下りたつと、子供たちの激しい圧力が体をつつみ、かれの体は境内の中央に押されて行った。かれは、何度もつまずきそうになりながらも、自分のズボンのバンドを時子が必死につかんだままついて来ているのに気づいていた。

ようやく立ちどまった次郎は、よろめきながらも思い切り青竹をゆすりはじめた。

銭の鳴る景気の良い音がし、造花で彩られた花籠が青竹の先端で華やかにゆれた。

子供たちの顔は、一斉に仰向いている。その視線の先で、籠の内側に張られた和紙が破れ、その破れ目からこぼれ出た貨幣が子供たちの頭上に散りはじめた。

次郎の周囲に、混乱が起きた。子供たちは、掌で落ちてくる貨幣を争ってつかんだり背をかがめて土に落ちた銀貨や銅貨を夢中で拾う。

かれは、体をまわしながら青竹を傾け、ひしめいている子供たちの頭上に公平に貨幣の雨を降らせてゆく。かれは、いつも自分をさげすむ子供たちが自分の手の操作一つで激しい奪い合いを起していることが愉快でならなかった。子供たちにまじって貧しい町の女たちまで熱中して貨幣を拾っている。

籠の重みが減ってきたので、次郎は、一層勢いよく青竹を振りまわした。いつの間にか、かれの周囲には乾いた土埃が舞い上り、その中で子供たちの体が激しく動いていた。

花籠が穴だらけになり、銭の鳴る音がしなくなった。かれは、軽くなった青竹をひときわ高く持ち上げて威勢よく花籠をまわすと、それを子供たちの体の上に振りおろした。歓声が上って、土の上におろされた花籠の周囲に子供たちが重なり合った。

次郎は、手で額の汗を拭いた。ひどい土埃だった。かれは、肩で息をつきながらまだ土の上を探っている子供たちの姿を見渡した。

かれの眼が、ある一点でとまった。その部分の子供たちの動きには、他の子供たちの動きとは異なった緊迫した気配があった。子供たちは金を拾ってはいなかった。かれらは、血走った眼で交互に足もとのものをしきりに蹴りつけていた。

近くに立っている女が、子供たちを制している。が、子供たちは女の手を払いのけ、憤りにみちた眼でなおも足を動かしつづけている。

次郎は、いぶかしそうにその個所へ近寄って行った。

子供たちは、ある者は顔色を青ざめさせ、ある者は興奮で顔を紅潮させていた。

かれは、子供たちの後ろから中をのぞきこんだ。その輪の中に土だらけになった少女が腹這いに倒れているのが見えた。その背には、かすれた泣き声を細々とあげている赤ん坊が半ばずり落ちそうにくくりつけられていた。

「さ、起きな」

中年の太った女が、かがみこんで少女の腕をとった。

が、少女はその腕を強く振り払い、鋭い眼をあげて周囲をうかがった。それは敏捷な獣が、獲物をねらうような激しい眼の色であった。

少女は、胸から腹へ慎重に身を起し、自分の体の下に貨幣を認めるとすばやく手につかみ、またあたりに視線を走らせると徐々に体を起した。

少女は、両手で落ちてくる貨幣を腹這いになって掻き集めたらしく、指の爪から血がにじみ出ていた。

異様な気配に気づいたらしく、境内に散っていた子供たちが寄り集ってきた。

少女が、ようやく立ち上った。

次郎は、息をのんだ。時子の衣服や顔や手足は土埃で汚れ、頬と足にはひどい掻き傷があって、そこからも血が流れていた。

時子は、身じろぎもせず四囲に険しい眼を走らせている。両手の掌にはしっかりと貨幣がにぎりしめられていた。

しばらく無言でいた女が、

「自分だけ一人占めにするから、他の子たちが怒るんだよ。みんなで拾わなくてはいけないよ」

と、少し甲高い声で時子をさとした。

しかし、時子は、女の顔を一瞥しただけでずり落ちかけた赤子を背にしたまま歩き出した。子供たちの群れが割れて、自然と道ができた。

時子は、静かな足取りで歩いてゆく。子供たちは口をつぐんだまま時子の後ろ姿を見送った。

子供たちの中で、囁きが起った。それは瞬く間にざわめきとなり、やがて興奮した声が所々で起った。

一人が、駈け出し、それにつられてかなりの子供たちがその後を追った。

時子は、山門の近くにかかっていた。

子供たちは、ある距離まで近づくと一斉に石を拾い、時子をねらって投げた。山門の附近に立ち並んだ花輪に数多く石があたり、その近くに立っていた人々は不意の石に驚いて逃げた。

次郎の眼に、大きな石の一つが時子の手首にあたるのが見えた。その瞬間、時子の腕は垂れたまま揺れたが、時子は振向くこともせず足を早めることさえしなかった。

本堂の方向から数人の男たちが走り寄り、石を投げる子供たちを叱りつけた。その声にひるんだ子供たちは、後ずさりしながら散った。

次郎は山門の方に視線をもどしたが、すでに時子の姿は見えなかった。

かれは、石畳を踏んで山門の方へ急いだ。両側に竹藪のつづく坂道を時子がゆっくりした足取りで歩いて行くのが見えた。

かれは、足を早めて坂をくだった。時子は、道を折れ国道の方にむかってゆく。

その後を追った次郎は、時子が道ぎわの幟（のぼり）を出した葦簀（よしず）張りの茶店へ入るのを見た。かれが店の外から内部をのぞくと、茶店の女が、時子の姿にいぶかしそうな眼を向けながらラムネの瓶を手渡しているところであった。

時子は瓶を受け取ると、ガラス玉を鳴らせて瓶を傾けた。細い咽喉の骨が激しい労働の後のようにいきいきと動いていた。

時子は、にぎりしめた掌の中から数枚の貨幣を女に手渡し、パンの入った袋を手に外へ出てきた。

「痛かったろう」

次郎は走り寄り、時子の顔をのぞきこんだ。

時子は、こわばった顔をかれに向けたが、無言で歩き出した。

時子は、歩きながら袋からパンを取り出し、一片を口にふくむと肩をずらして泣き声をたてている嬰児の口に入れてやった。

嬰児は、パンを口に入れると歯のない老婆のように尖った口を無器用に動かした。

時子は、ついてくるかれのことも気にかけず、パンを口に入れてはしきりに顎を動かしている。その度に、時子の細い首筋の筋肉が動き、体中の力がそこに集中されて見えた。

パンを食べ終ると、時子は、袋を破り道端に捨てた。腹が満ちたためか、急に時子は疲労感におそわれたらしく頭を垂れ、足をだるそうにひいて歩いた。

石のあたった時子の手首から血が流れ、それが指先に垂れたまま乾いている。

田の中に、澄んだ灌漑用の流れが走っていた。

「顔を洗って血を落しなよ」

次郎は、時子の肩に手をおいた。骨だけの浮き出た薄い肩だった。

時子は、立ちどまった。その顔からはいつの間にか険しい表情が消え、眼にかすかな潤みがひろがっていた。

かれは、遠慮がちに時子の肩を押した。時子は、その動きに素直にしたがって田の畦をつたい小川のほとりに行った。嬰児は、空腹がある程度満たされたのか、時子の首筋に頭をもたせかけて眼をとじている。次郎は、放心して立ちつくしている時子の肩から子供をはずし、かたわらの草の上に寝かせてやった。骨だけの昆虫のように細い痩せた体だった。

次郎は、裸足になると時子をうながし浅い水の中に足を入れた。冷たい草の匂いのする水であった。かれは身をかがめ、時子の足に水をかけ丁寧に洗いはじめた。掻き傷が、生々しく皮膚に浮き出ている。

時子の肩が小刻みにふるえはじめた。時子は、土だらけの顔に手をあてて啜り泣いている。次郎は、手を顔から離させ、顔を水面に近づかせた。

時子は、嗚咽しながら水をすくって顔を洗った。

かれは、時子の体を抱えて草の上に腰をおろさせた。時子は、かれの手拭で顔をぬぐうと、時折りしゃくりあげながら流れの上に眼を落していた。子を背負わない時子の体は、妙に頼りない窶れたものに見えた。その横顔には、沈鬱な大人びた翳りがあった。

次郎は、黙りこんだ時子の顔をうかがったが、言葉をかけるのがためらわれ口をつぐんでいた。

静かな時が流れた。岸の近くに小魚の巣があるのか、身動きしない二人の姿に気づかず小さな川魚が水の流れの中を行きかいしはじめた。次郎は、藻の間からひらめく鱗を眼で追っていた。

人声がした。かれは、顔をあげた。道を埋葬の終ったらしい人々が談笑しながら帰途についている。

胸ににがい悔恨が湧いた。不覚にも葬儀の進行から脱け出してしまったことが口惜しく思われた。

かれは、時子の横顔を見つめたが、その沈んだ表情を見ると、すぐにはその場を立つ気持にはなれなかった。

五

時子の父親が寝巻姿のままパルプ工場に入って半狂乱になって妻の姿を探しまわった、という噂がひろがった。が、時子の母親は同僚たちのすすめで巧みに身をかくしたという。時子の母親に男関係が多いということは、誰でも知っていた。時子の父親は、そうした妻の不貞と経済的な窮乏に苛立っているにちがいなかった。

……秋の気配が濃くなると、葬儀の数も目にみえて減少してきた。

しかし、次郎の日課は、いささかの変化もなく正確につづけられていた。

ある冷えびえした朝、かれは土手づたいに火葬場へ歩いて行った。河原には、濃い霧が重々しくよどんでいた。

火葬場の入口を入りかけた次郎は、一瞬その場に立ちすくんだ。煉瓦造りの竈の焚込口に背をもたせて坐りこんでいる人影がある。その小さな人影は動かなかった。

建物の中には、まだ温かみが残っていた。竈の中に薄紫色の灰がみえ、夜間そこで死者の体が焼かれたことをしめしていた。

次郎は、建物の中に足をふみ入れた。時子がそこにいることが不思議に思えた。時子は眼をとじ身動きもしない。嬰児も時子の首に顔を伏せて動く気配もない。

かれは、不安になって時子の姿を見おろした。場所が場所だけに、時子も嬰児もそのまま冷たくなっているのではないか、と思った。

かれは、声をかけたが、時子の体は動かない。かれは不安になって思い切り声をあげた。

時子の血走った眼がひらき、かれの顔に向けられた。眼に恐怖の色がうかんでいた。

かれは、安堵と面映ゆさのまじり合った眼で微笑してみせた。

時子は、それが次郎だと気づくと急に力が抜けたらしく肩を落し、伏目になって弱々しく眼を指でこすった。顔の皮膚には黒みがかった煤がまだらについていて、眼のふちが赤くただれていた。

「何をしていたのだね」

次郎は、腰をかがめて時子の横顔をうかがった。

「火にあたっていたの」

時子は、顔を伏せたまま低い声で言った。

「一晩中？」

かれは、眼を大きく見開いた。

時子が、うなずいた。かれは、焼骨竈の中と時子の横顔を交互にながめた。

「昨夜は、お骨を焼いていたろう」

かれは、呆れて時子を見つめた。

「そうよ」

時子が、顔をあげた。寝足りないらしい疲労の色が、痩せた顔に膠のようにこびりついていた。

「初めは仏さまが焼ける音がして怖かったけど、でも、あたたかかったよ。焼けた骨はね、ちょっと前に大人の人たちが拾って持って行ったわ」

時子は、眼をしょぼつかせると、かたわらにある棒切れを手にして薄く煙をただよわせている灰をかいた。そして、身を乗り出してその上に手をさしのべた。まだ十分に温みは残っているようだった。

「家へは帰らなかったのかね」

かれは、時子の穏やかな横顔を見つめた。

「父ちゃんがね、一緒に死のう死のうって言うんだもの。それから、千枝子は俺の子じゃないって言うんだよ」

時子は、無表情な眼で背に眠っている嬰児に顔をむけた。

「こわい顔をしてつかまえようとするから、裸足で家を出てきちゃったの。……昨夜は、寒かったね。河原に坐っていたら焚火が見えてね、来てみたら、仏さまを焼いているんだ。脂がたくさん出るものだね。いやな臭いだったけど、でも、本当にあたたかかったよ。夜明けに人が骨拾いにきたのであわてて葦の中にかくれた」

時子の眼に、柔らいだ色が浮び、ふと、外を見ると、

「ああ、もうすっかり明るいんだね」

と、つぶやいた。

河原の所々に葦の集落が見え、そのむこうに朝の陽光をうけた川筋が輝きはじめていた。

時子は、眼をしばたたかせながら立ち上った。

「これからどうするの」

次郎は、気遣わしげにいった。

「うちへ帰る」

「こわくはないのかい」

「だって、父ちゃんにお粥を作ってやらなければならないから」

時子は、そう言うと、竈のかたわらを離れて建物の外に出た。

次郎は、竈にもたれて時子の後ろ姿を見送った。時子は、河原の白っぽい石の上を肩を

はずませて土手の方向に遠ざかって行った。

　それから二日たった朝、時子の父親が小舎の梁から垂れさがっているのが近隣の人々に発見された。押入れの中には、嬰児の絞殺死体と、仮死状態の時子が綿のはみ出たふとんにつつまれて押しこめられていた。

　長い病臥生活で体力もひどく衰えていた時子の父親は、時子を十分に死にいたらしめることができなかったようだった。

　時子の母親がすぐに呼ばれた。母親もさすがに色を失っていたが、路地にひしめく人々の視線にふれると、拗ねたゆがみを眼に浮べた。

　午後になると、時子が病院から帰ってきた。うつろな表情だった。

　時子は、人々の視線にも気づかう風もなく焦点のさだまらない眼をして家の中に入って行った。

　町に灯がともる頃になると、さすがに路地からは人の姿が消えた。箱車にもたれた次郎だけが、飽かずに時子の家の方を見つめていた。

　星座が夜空をかなり移動した頃、大小二個の粗末な柩が家から運び出されてリヤカーに載せられた。

　リヤカーは、人目を避けて暗い路地から路地へと幾曲りもして進んで行く。リヤカーを曳く男の後から、時子と母親が黙りこくったままつきしたがっていた。

リヤカーは、小さな土橋を渡ると土手に出、そこから土手の傾斜をおりて河原にある火葬場の方へ進んだ。

次郎は、土手の上に立って火葬場の黒々とした建物の方向を見つめていた。

やがて、建物の内部に、ぼっと火の色がともった。人の黒い影が浮き出し、その中に半身を赤々と映えさせた時子の小さな姿が竈の近くに見えた。煉瓦造りの四角い煙突の先端が薄赤く染まり、焼骨の煙がほの白く夜の闇の中にただよい出た。

しばらくすると、人々の影が動いて建物の中から出てきた。人影が火の色から離れ、こちらの方へ近づいてくる。

次郎は土手の斜面をおり、枯草の中に身をかがめた。

土手の上に人影がのぼってきて、リヤカーの音が土手づたいに橋の方へむかった。

次郎は腰をのばし、ひそかに土手の上にもどった。時子が、リヤカーから数歩遅れて歩いている。

橋のたもとで、リヤカーがとまった。母親が、しきりに頭を下げている。男は簡単に会釈すると、空のリヤカーを手に広い鉄骨の橋を渡って行く。

母親と時子は、その場に立ったまま男の去って行くのを見送っている。次郎は、二人の影をうかがった。

リヤカーの影が橋の中ごろまで行った頃、母親が時子の方に振返ってなにか言っているのが見えた。時子は、母親の胸のあたりに顔を向けてじっとしている。

母親が、数歩後ずさりし、急に背を向けると、橋のたもとから足早に遠ざかってゆく。

時子は、身動きもしない。去ってゆく母親の方向に顔をあげることさえしなかった。

時子は、長い間たたずんでいた。次郎は、あたりに満ちた虫の声につつまれながらその小さな影を見つめていた。時折りトラックのヘッドライトが橋を渡ってきて、時子の体に強い光を投げて過ぎた。

時子の影がゆらいだ。時子は、土手を河原の方へ静かにおりて行く。

次郎は、時子の影に目を据えたまま土手の傾斜を下りはじめた。

河原におりた時子は足をとめ、河原の一点に顔を向けた。そこには火葬場が見え、建物のトタン板の穴から火の色が幾つもの光点になって光ってみえていた。

時子は火の方向に歩き出した。次郎も歩いた。斜めに進んでくる時子との距離が、たちまち近づいた。かれは、時子を驚かせたくはなかった。

「今晩は」

かれは、低い声で言った。

時子が、立ちどまり顔をあげた。その眼に驚きの色は現われていなかった。

かれは、微笑してみせた。

時子が歩き出した。次郎は、その後にしたがった。かれは、時子のためになにかしてやりたくてならなかった。

建物が近づいてきた。ごおーッと、火の熾る音がきこえていた。

時子の歩みが、急に鈍くなり、建物の入口までくると足をとめた。竈の崩れた煉瓦のすきまから、少し黄色味がかった炎が音を立てて噴き出している。その炎の色を時子はじっと見つめている。

次郎は、物慣れたしぐさで建物の中に入ると、トタン張りの側壁に立てかけられた鉄棒を手に薄赤く染まった小さな鉄の蓋をあけて竈の中をのぞきこんだ。竈の内部を占めた大きな死体の内臓の部分に多彩な炎があがり、竈のへりには小さな死体が、すでに肩のあたりに赤々と熾った炭火のような細い骨を現わしはじめていた。

「よく焼けてる」

次郎は、満足そうに時子の方を振返った。

かれは、時子が異様な姿勢をしているのに眼をとめた。時子は、入口のかたわらで竈の炎の照りを全身にうけて体をふるわせている。

かれは、鉄棒を捨てた。

時子は、手で胸をかき抱いて腰をかがめていた。その瞳に小さな炎の色を舞わせながら、瞬きもせず竈の中を凝視している。時子が、少しずつ後ずさりしはじめた。

「どうしたの」

かれは、いぶかしそうに声をかけた。

その声で急に足が萎えてしまったのか、時子の膝が崩れて石の上に坐った。

次郎は、時子に近づき、乾いた時子の唇がかすかに動いているのをながめた。規則的な動きであった。

次郎は、その動きの意味を探ろうとつとめたが、やがて、かれの耳に譫言のようにつぶやく声がかすかにきこえてきた。

体が急にこわばるのを感じた。かれは、あらためて時子の顔をのぞきこんだ。

時子の顔が、かれに向けられ、すがりつくような眼で、

「死にたい」

と、かすれた声で言った。

かれは、その切ない眼の光にひるみ、困惑して竈の方に視線を向けた。鉄蓋が開いていて、そこから光沢のある緑色の炎が華やかに噴き出ている。

かれは、気を取りなおして時子の顔に視線をもどした。時子は、少し顔を伏せ加減にしてなおも唇を動かしつづけている。

「死にたいの？」

次郎は、仕方なく時子に声をかけた。

時子は、執拗につぶやきつづけている。

「本当に死にたいのかね」

時子の耳の近くで言った。

かれは、指先で頬をかいた。困惑した表情だった。思案にあまって土手の方に視線をむけた。が、土手に人影はなく、ただ長い橋の上に電灯をともした自転車が、小さな光を鉄骨の間に見えがくれさせながら渡って行くのが見えるだけだった。

時子の細い首筋を見おろした。肩が、かすかにふるえている。

次郎は、時子のつぶやきにうながされ仕方なくその首に手をふれさせた。骨の浮き出た少し冷たい首だった。

おもむろに両掌で時子の首をつかんだ。掌の指が十分にかさなるほど細々とした首であった。

時子は、坐ったまま伏目になって素直にかれの掌に首をまかせている。

かれは、自信がなかった。こんなことで時子の望みをかなえてやることができるかどうか、心もとなかった。

かれは、ためらいながらも力を入れた。首はかたく、にぎりしめた掌に咽喉仏の骨がごくりと動いた。

次の瞬間、かれは、突然、時子が強い抵抗をしめしはじめたことを不思議に思った。時子は、首をつかんだかれの掌をふりほどこうと手に爪を立てた。

次郎は拍子抜けがし、掌の力を弱めようと思った。が、なぜか今になって力を抜くことが恐しく思えた。

時子の指の爪が、かれの手の甲に深く食いこんだ。その痛みに、かれは自分の好意が裏切られた不満をおぼえた。かれは、腹立たしさを感じて掌に力をこめた。

時子の口が徐々に開いた。先の尖った細い舌が、痙攣しながら突き出てきた。

時子の眼が、大きく露出した。時子は、抵抗しなかった。ただ、石の上に投げ出された足が小刻みに砂地にふれているだけであった。

ようやくかれは、掌をはなした。時子の体が、俯伏せに崩れた。かれは、立ったまま時子の体を見おろし、傷ついた手の甲をしきりに舐めた。

かれは、痙攣しつづけている時子の足を見つめた。それは、機械的に細かく動いていた。意外にもたやすく行為が果されたことが、かれには不思議でならなかった。やがて、時子の足の痙攣が静まると、時子の体をどのように処置すべきか迷った。

竈の中の石炭は、丁度死体が骨になるまでの量しか投げこまれていない。もしも、時子の体を竈の中に無理に入れたとしても、きれいに焼き上ることはないはずだった。それに第一、次郎は火葬を好ましいものとは思っていない。死者を懇ろに葬るためには、やはり土葬の方がよいのだ。

次郎は、埋葬場所をどこにしようかと思った。さだまった墓所のない時子の父親と嬰児の死体は、市所有の共同墓地に埋められる。

かれは、河原を見渡した。所々砂地の露出しているところがある。かれの顔に明るい色が浮んだ。たとえ河原であっても火葬されるよりはそこに土葬される方がいい。

かれは、時子の両腋に手をさしこんで近くの砂地に曳いて行った。まだ掌にかすかな体の温かみが感じられた。

時子の体を置くと、かれは火葬場の中に入り石炭をすくうスコップを手にした。石の多い砂地であった。かれは、一心にスコップを砂地に突き立てた。石にあたる度にスコップの先端にきしんだ音が起った。体に、汗が湧いてきた。

いつの間にか石は少くなり、代りに湿った土の色が見えてきた。穴が、深くなった。かれは、穴の中から時折り時子の体を目測し慣れた手つきで穴の深さと広さを整えた。

やがて、スコップを投げ上げると穴から這い出し、長方形にうがたれた穴の状態を見おろした。満足だった。

かれは、時子の体をかかえて、慎重に穴の中へおろした。棺だけは用意してやりたかった、と思った。

時子は、仰向いたまま穴の底で眼を開き夜空を見上げている。その眼の上に土を落す気持にはなれなかった。

次郎は、やむなくスコップを捨てると再び穴の中に入って時子の体を俯伏せにし、穴から出ると土を時子の背に落した。

なだらかな土が盛り上った。かれは、丹念にスコップの背で土を叩いた。額の汗を手でぬぐった。体を濡らした汗が、冷えびえと感じられた。

かれは、スコップを肩にかつぐと火葬場にもどった。建物の中に入ると、スコップの先で半開きの鉄蓋をひろげ、竈の中の火の色をのぞきこんだ。

炊事の竈をのぞく女のような穏やかな表情が、炎に映えたかれの顔に赤々と浮き出ていた。

巻末エッセイ

遠い道程

無名の頃、とは、いつの頃までを言うのか、判断はむずかしい。

私の場合、昭和四十一年に太宰治賞を受賞し、「新潮」に長篇「戦艦武蔵」を発表することによって作家生活に入った。とは言っても、一般的には無名にひとしく、年に三、四冊単行本を出し、月刊誌はもとより新聞にも連載小説を何度か書いたりしたが、時には私の名前を知っている人はいるものの、知らぬ人の方がはるかに多い。現在も、その事情にほとんど変りはない。

それで、一応、無名の頃とは、小説を書いても原稿料をもらえなかった頃と解釈する。

私が小説を書くようになったのは、肺結核の療養生活を終えて学習院大学に入ってからである。すでに私は二十三歳になっていた。

友人の強いすすめで大学の文芸部に入った私は、文芸部の機関誌である「学習院文芸」に、「或る幕切れ」という放送劇を書いた。なぜ、放送劇を書いたかというと、療養中、ラジオで放送劇を聴くのを楽しみにしていたからである。

最も印象に残っているのは、内村直也氏作の「跫音（あしおと）」で、山本安英さんが絶妙な母親役を演じていた。まさに傑作の名に価いする作品で、二、三年前ラジオで回顧放送されるのを知り、テープにとったが、今、聴いてもまことに素晴しい。涙が出て仕方がなかった。「跫音」に刺戟されて、放送劇を書いたわけだが、後にＮＨＫに入った文芸部委員長の増沢常夫君が舞台化し、文化祭で上演してくれた。

「学習院文芸」は、ガリ版刷りで、各自が鉄筆で自分の作品を原紙に書いて刷る。それでも出来上った時は、嬉しくてならなかった。

そのうちに活字印刷にしようと言うことになって、安い代金で引受けてくれる印刷屋を探して歩きまわり、最後に行きついたのは小菅刑務所の印刷部だった。町の印刷屋の五五パーセントの安さであった。

私たちは、ゲラ刷りがあがってくるのを刑務所前の川の土手に腰をおろして待ったりしていた。表紙の絵は、美術学校を出た友人に頼み、誌名を「赤絵」とした。

本格的な活字印刷の雑誌に興奮し、作家の八木義徳氏を合評会にお招きして批評していただいた。謝礼として二千円入れた袋を差出したが、氏は、

「学生からはもらえません」

と、大きな掌で制し、帰ってゆかれた。

私は、図々しくも新宿の紀伊國屋書店に行き、社長に面会を求めた。門前払いを食うは

ずなのに、私は社長室に通され、田辺茂一氏と向き合って坐った。

氏は、私が「赤絵」を店に置いていただきたいというのを黙ってきいていたが、

「いいでしょう」

と言って、社員を呼び、店頭の台に置いて下さった。今、考えると冷汗三斗の思いである。

国文学教授の岩田九郎先生の紹介で、私たちは、新進作家として華々しく登場した三島由紀夫氏の家にうかがった。駅前の果実店で西瓜を買い、さげていった。

氏は親切で、改造社刊の単行本「仮面の告白」に一人ずつ氏名を書き、署名して下さった。今でも書架にあるが、昭和二十六年の出版であるから、私は二十四歳であった。

むろん、「赤絵」も氏にお渡ししたが、その批評をきくため有楽座だか帝国劇場だかに行った。氏は文士劇の稽古をしていたのである。

階段を久保田万太郎氏が、三島氏とともにおりてきた。三島氏が車で去る久保田氏を見送ったので、私たちは挨拶し、「赤絵」はどうでしたか、とたずねた。

「死体という作品がよかった」

と、氏は言って、あわただしく階段をのぼっていった。「死体」というのは私が書いた短篇で、顔が赤く染まるほど嬉しかった。

学校の必須科目の中に体育があって、病後の私は運動などできず、早くから卒業は諦め

ていた。教室に行くのは俳文学の講義がある時だけで、私は、文芸部の部屋に常にいた。

その頃、兄が私に、

「中退するのはやむを得ないが、その後はいったいどうするつもりなんだ」

と、言った。

「小説を書いてゆきます」

私は、答えた。

兄は、私を呆れたように見つめ、

「頭がどうかしているんじゃないのか。うちの家系には、そんな血はないんだ。もっと地道なことを考えろ」

と、甲高い声で言った。

私は中退し、同じ文芸部に属していた北原節子と結婚した。式は上野精養軒でおこない、披露宴には岩田教授と八木義徳氏御夫妻が出席し、それぞれスピーチをして下さった。

一年間、東北、北海道への、今思うと可笑しくてならぬ放浪の旅をし、繊維関係の協同組合の事務局に勤務した。

私は、帰宅すると、午前二時頃まで小説を書き、七時に起床して勤めに出てゆく。丹羽文雄先生が主宰していた文芸寄稿誌「文学者」に短篇小説を掲載してもらったりした。

「文学者」が休刊になり、「Z」「炎舞」などの同人雑誌に作品をのせ、再び刊行されるようになった「文学者」に「鉄橋」という百枚の作品を発表した。

或る日の夜、アパート住いをしていた私に速達の封筒がとどいた。送り主は日本文学振興会とあり、封を切ってみると、「鉄橋」が芥川賞候補作になった、とある。

私は、それを手に部屋の中を踊るように歩きまわった。自分の書いたものがようやく認められたことが嬉しくてならなかった。

その後、「貝殻」「透明標本」「石の微笑」とそれぞれ芥川賞候補作となったが賞とは縁がなく、太宰治賞受賞まで四年間の会社勤めがつづいたのである。

初出と初収

死体　「赤絵」第8号　昭和27年4月　『青い骨』昭和33年2月　小壺天書房（自費出版）

青い骨　「文学者」昭和30年8月号　『青い骨』昭和33年2月　小壺天書房（自費出版）

さよと僕たち　「Z」第5号　昭和32年3月　『青い骨』昭和33年2月　小壺天書房（自費出版）

鉄橋　「文学者」昭和33年7月号　『少女架刑』昭和38年7月　南北社

服喪の夏　「亜」第3輯　昭和33年9月　『水の葬列』昭和42年3月　筑摩書房

少女架刑　「文学者」昭和34年10月号　『少女架刑』昭和38年7月　南北社

星と葬礼　「文學界」昭和35年3月号　『少女架刑』昭和38年7月　南北社

編集付記

一、本書は『吉村昭自選作品集』第一巻（新潮社、一九九〇年）を二分冊にし、文庫化したものである。

一、第Ⅰ巻には、一九五二年から一九六〇年の間に発表された短篇小説七編を年代順に収録し、巻末にエッセイ「遠い道程」（『別冊文藝春秋』第一九〇号）を付した。

一、本文中、今日の人権意識に照らして不適切な語句や表現が見受けられるが、著者が故人であること、刊行当時の時代背景と作品の文化的価値を考慮して、底本のままとした。

中公文庫

少女架刑(しょうじょかけい)
——吉村昭自選初期短篇集(よしむらあきらじせんしょきたんぺんしゅう) I

2018年10月25日　初版発行
2024年 8 月30日　5刷発行

著　者　吉村(よしむら)　昭(あきら)

発行者　安部 順一

発行所　中央公論新社
〒100-8152　東京都千代田区大手町1-7-1
電話　販売 03-5299-1730　編集 03-5299-1890
URL https://www.chuko.co.jp/

ＤＴＰ　嵐下英治
印　刷　三晃印刷
製　本　小泉製本

Published by CHUOKORON-SHINSHA, INC.
Printed in Japan　ISBN978-4-12-206654-0 C1193

中公文庫既刊より

各書目の下段の数字はISBNコードです。978-4-12が省略してあります。

よ-13-14　透明標本　吉村昭自選初期短篇集Ⅱ　吉村昭

死の影が色濃い初期作品から芥川賞候補となった表題作、太宰治賞受賞作「星への旅」ほか一九六一年から六六年の七編を収める。〈解説〉荒川洋治

206655-7

よ-13-15　冬の道　吉村昭自選中期短篇集　吉村昭／池上冬樹 編

透徹した視線、研ぎ澄まされた文体。『戦艦武蔵』以降、昭和後期までの「中期」に書かれた作品群から、吉村文学の結晶たる十篇を収録。〈編者解説〉池上冬樹

207052-3

よ-13-16　花火　吉村昭後期短篇集　吉村昭／池上冬樹 編

生と死を見つめ続けた静謐な目は、その晩年に何をとらえたか。昭和後期から平成十八年までに著された、遺作「死顔」を含む十六篇。〈編者解説〉池上冬樹

207072-1

よ-13-7　月夜の魚　吉村昭

人は死に向って行列すると怯える小学二年生。蛍のように短い生を終えた少年。一家心中する工場主。さまざまな死の光景を描く名作集。〈解説〉奥野健男

201739-9

よ-13-9　黒船　吉村昭

ペリー艦隊来航時に主席通詞としての重責を果し、のち日本初の本格的英和辞書を編纂した堀達之助の劇的な生涯をたどった歴史長篇。〈解説〉川西政明

202102-0

よ-13-10　碇星　吉村昭

葬儀に欠かせぬ男に、かつての上司から特別な頼みごとが……。表題作ほか全八篇。暮れゆく人生を静かに見つめ、生と死を慈しみをこめて描く作品集。

204120-2

よ-13-8　蟹の縦ばい　吉村昭

小説家にとっての憩いとは何だろう。時には横ばいしない蟹のように仕事の日常を逸脱してみたい。真摯な作家の静謐でユーモラスなエッセイ集。

202014-6